公元787年，唐封疆大吏马总集诸子精华，编著成《意林》一书6卷，流传至今

意林：始于公元787年，距今1200余年

一则故事　改变一生

意林童书中心　出品

安幻凝 著

吉林摄影出版社
·长春·

图书在版编目（CIP）数据

王座之惑 / 安幻凝著. — 长春：吉林摄影出版社，2018.8

（银灵幻影；Ⅱ）

ISBN 978-7-5498-3681-9

Ⅰ.①王… Ⅱ.①安… Ⅲ.①长篇小说－中国－当代 Ⅳ.①I247.5

中国版本图书馆CIP数据核字(2018)第148884号

银灵幻影Ⅱ·王座之惑
YINLING HUANYING Ⅱ · WANGZUO ZHI HUO

著　　者	安幻凝	印　　张	11	
出 版 人	孙洪军	版　　次	2018年8月第1版	
总 策 划	顾平　宋春华	印　　次	2018年8月第1次印刷	
出 品 人	杜普洲	出　　版	吉林摄影出版社	
主　　编	宋春华	发　　行	吉林摄影出版社	
责任编辑	王维夏	地　　址	长春市泰来街1825号	
图书策划	宋春华　朱晓婷		邮编：130062	
图书统筹	朱晓婷	电　　话	总编办：0431-86012616	
执行编辑	朱晓婷		发行科：0431-86012602	
设计总监	资源	网　　址	www.jlsycbs.net	
封面设计	资源	经　　销	全国各地新华书店	
美术编辑	张龙	印　　刷	河南文华印务有限公司	
开　　本	700mm×1000mm 1/16	书　　号	ISBN 978-7-5498-3681-9	
字　　数	150千字	定　　价	26.80元	

版权所有　翻印必究

（如发现印装质量问题，请与承印厂联系退换）

若光照耀你的希望
影便投射胜的方向

人物介绍

学生,在花店兼职打工。一次车祸的发生,令她拥有一双破影之瞳。

本是高一学生,御堂家二少爷,曾救过姚纯汐,并订下『浅汐之约』,要求纯汐与他联手探查家族秘密。

学生会会长,御堂浅的哥哥,继承了御堂家的绘画天赋,擅长画各种鲜花,是学校里的名人,知道家族秘密,也是纯汐的影搭档之一。

慕琉冰

温文尔雅的钢琴王子,在转校的短短一个星期之内,风头盖过了御堂守。但其实他的真实的身份是光之祭司天音。

人物介绍

若道

非常有能力的少年，影之祭司，曾是影王最得力的助手。一直忠心于自己的王，偶然得知某个秘密后，彻底改变。

莫瑾

总是带给人一种怯怯的感觉，令其放松警惕，具有敏锐的感应能力。

连鬓

很独立的少女，纯汐的影搭档之一。曾经甘心臣服，成为纯汐的搭档，对于现在的纯汐感觉不悦。

宿白

另一所高中的学生，御堂浅的光搭档之一。腿脚功夫很棒，喜欢行侠仗义，具有超强的行动力。

玄尉

一个少言寡语的人，御堂浅的光搭档之一。不喜争功、不喜欢表现，但该做的事从不拖沓，该完成的任务也力求尽善尽美。

目录

银灵幻影 II · 王座之惑

- 楔子　觉醒·物是人非　1
- 第一章　重逢·两大阵营　3
- 第二章　行动·王的觉悟　13
- 第三章　探寻·觉醒之法　23
- 第四章　端倪·目标显现　33
- 第五章　圈套·将计就计　45
- 第六章　周旋·声东击西　57

第七章
谋面·亦敌亦友
69

第八章
守护·各有坚持
81

第九章
失踪·疑团涌现
93

第十章
异界·扑朔迷离
105

第十一章
回归·王者降临
115

第十二章
混乱·再失平衡
127

第十三章
解惑·追根究底
139

第十四章
浩劫·光影之源
151

楔子
觉醒·物是人非

有些人、有些事，任谁都无法逃脱。

两百年前，光影世界的格局，因光、影两王的离开发生翻天覆地的变化。

两百年后，到了光、影两王陆续觉醒的时候，一切已经变得物是人非。

如今。

光影世界的掌管者，不再是高高在上的王者，而是悄悄易主为光、影大祭司。对于光、影两王来说，两百年的时间，算不上有多长，或许是弹指之间，却足以改变很多人、很多事。

就是在这样的状况下，光王姚纯汐、影王御堂浅，与他们双方曾经最信任的两大祭司天音、若道重逢了。

此时的御堂浅，已经找回了曾经的记忆和力量，真正作为影王觉醒了。

然而……

光王姚纯汐，仍处于失去记忆的混沌状态，连她身边最信任、最忠诚的影之搭档御堂守，也无法从中找出准确的原因。不过，在姚纯汐见到光族大祭司天音，也就是转校生慕琉冰之后，她那尘封了两百年的记忆，终于开始产生了波动。

第一章
重逢・两大阵营

宁静的傍晚。

微风轻轻吹拂，带着夏日里独有的湿气与馨香。

夕阳的余晖暖暖洒落，金色的光泽笼罩着整座雅丘学院。

画室里，弥散着淡淡的颜料味道。

四个少男少女，在逆光的剪影之中，相视而望。他们不是普通的人类，而是相隔两百年后才重逢的光、影两族的王者与大祭司。

"纯汐，我的王！两百年了，你总算记起了我。"

光族大祭司天音，俊脸上流转着亲切的笑容，用那双深褐色的眼眸，温柔地注视着光王姚纯汐，轻轻诉说着他的期待和惊喜。

其实，自从他以慕琉冰的身份来到雅丘学院后，就一直盼望着姚纯汐能够认出他、喜欢他、依赖他。不过，这只是针对他一个人的感情，至于姚纯汐的恢复记忆和王族力量的事情，他可完全不感兴趣。当然了，他更没有"唤醒王者"的打算。

没错！这是个秘密。封存姚纯汐的记忆，只让她想起天音一个人，是天音从十年前就暗暗筹划好的。除了他自己之外，包括与他联手的影族大祭司若道，也对此无从知晓。

并非天音不信任若道，而是……他对姚纯汐有着自己的私心。

更何况，压制姚纯汐的记忆恢复、阻止光王力量的觉醒，对于他和若道的计划来说，是有百利而无一害的决定。

听到天音的问候，姚纯汐默然点了点头，目光变得锐利几分。

"天音，好久不见。"

这是属于王的声音，也是姚纯汐在两百年后，第一次展示出属于光王的威严和觉悟。

其实，姚纯汐刚刚得知有关自己的一切，记忆宛若团团堆积的棉絮一般，互相挤压在一起，始终抽不出明确的线索和信息。

但唯有光族大祭司天音，他的脸庞、他的微笑、他的目光、他的声音、他陪伴着姚纯汐度过的那些时光，犹如一朵朵破碎的水晶花，重新被拼凑在她的脑海中，慢慢成为一幅完整的画面。

为什么会这样？

在她那混沌不清的记忆中，为什么只有天音会如此清晰？

仿佛早已在预料之中，天音始终泰然自若，笑靥如花，用那双深褐色的眼眸意味深长地凝视着姚纯汐。

"我的王，欢迎您归来！"

归来？这两个字如同重锤一般，猛地敲击在御堂浅和若道的心口上。

御堂浅作为影王，当然希望姚纯汐尽快找回失去的记忆和力量，与他并肩作战，承担起两王的重任。因此，若姚纯汐在见到天音后，能够打破尘封的记忆壁垒，彻底觉醒过来，无疑是个天大的好消息。

但姚纯汐的"王者归来"，对影族大祭司若道而言，恰恰是最糟糕的震慑。

两族王者在这两百年中，再也没有碰触过原来的一切，已经成为光影世界的局外人。现在，新的管理结构、新的权力等级、新的社会秩序，都处于两大祭司的控制之中，甚至，很多光、影两族的族人，也渐渐习惯了

新的生活模式，慢慢将曾经的王遗忘了。

这种潜移默化的易主，令光影世界改变了太多太多。两族大祭司虽没有公开以王者自居，但经过两百年的调整，他们在族人眼中的地位，已比姚纯汐和御堂浅这两大王者有过之而无不及了。

由此可见，两王的回归，对两大祭司的威胁是不容置疑的。

这正是若道最担忧的一点。

今日，若道专程从光影世界赶来，不仅仅想确定天音的意图，更重要的，是想了解影王和光王的力量恢复情况。一旦两王的力量完全觉醒，当初若道和天音商量好的计划，恐怕就会遭到阻止，难以执行下去了。

想着想着，若道不由得皱紧眉头，望向了若有所思的御堂浅。

仿佛心有灵犀一般，御堂浅也刚好转过头，将探究般的目光落在若道身上。彼此四目相对，竟像陌生人似的，未流露出任何表情。

这一刻，时间好像突然停止了。无论姚纯汐、御堂浅，还是天音、若道，谁都没有出声，只是静静地互相凝望，似乎在观察着什么，又像在耐心地等待什么，显得深不可测，难以捉摸。

"咳咳咳……"

唯一的旁观者御堂守，因之前被天音所伤而适时咳嗽几声，巧妙地打破了画室里近乎诡异的氛围。

顿时，四双眼睛齐刷刷地看向了御堂守。

本来呢，作为画室主人的御堂守，应该是最有存在感的一个。但不知为什么，在光、影两大王者和大祭司面前，他就像被隔绝在另外的世界一样，根本没有办法参与进来。其实，两百年前，他是光王姚纯汐最认可、最得力的影搭档，是众多影族人羡慕和憧憬的目标。

当初，御堂守放弃自己的力量，陪着姚纯汐来到人间，不仅是为等待她的觉醒，更是想查出两百年前那场灾难背后的真相。可惜，凭借着现有

的蛛丝马迹,他还无法证明自己的推测和判断,但他对于光、影两族大祭司的怀疑,从没有间断过。

现在,御堂守最大的心愿,就是两王的成功觉醒和顺利回归。

"咳咳咳……"

御堂守心中一急,又咳嗽起来。

"哥!你怎么样?"

"学长,你还好吧?"

御堂浅和姚纯汐不约而同地跑向御堂守,关切地发出询问。

御堂守深吸一口气,轻轻摇头:"两位王,不必担心,我没事。"

"守,你现在是不是太弱了?"

若道扬起下巴,冷眼瞥了瞥御堂守,话语里带着一丝轻蔑。

这其中的原因,若道当然很清楚,如果御堂守没有主动放弃力量,今日的他必是光王身边的一员猛将。两百年来,若道软硬兼施,想拉拢御堂守成为他的人,结果仍是无功而返。

也许,王与搭档之间的牵绊,外人永远无法体会。

对于若道的蔑视,御堂守并没有太过在意,他只是抽了抽嘴角,淡淡地给出回应:"祭司大人的教训,我会谨记在心。以后必当多多努力,提升自己的力量。"

"哼!"

若道冷哼一声,别过头去。见状,御堂浅皱了皱眉,回想起以前支持他、帮助他的若道,不禁叹了口气。

"若道,经过两百年的时间,你怎么变得让我不认识了?"

御堂浅的声音淡然如风,却莫名地给人一种压迫感,带着不怒而威的气势。若道怔了怔,脸色微微改变:"浅,你……看来,你完全恢复记忆了。那么,如果没有意外的话,你的力量也……"

"没错！影王的力量，已经全部重回我这里了。"御堂浅打断若道，绿宝石般的眼眸中闪烁着冷厉的光芒，"前些天，咱们在御堂家见面时，你全身充满了危险的攻击性。我还记得，你亲口说过要让我消失。若道，你曾是我最信任、最熟悉的同伴，为什么现在会判若两人、如此陌生呢？"

若道没有回答，而是冷冷地勾起唇角，嗤笑一声。

御堂浅眯起眼睛，定定地看着若道，眸光越发森寒，仿佛凝结着层层冰霜，正在无声无息地扩散。是的，他生气了。御堂浅难以相信，那个发誓与他共同创造影族新世界的同伴，竟会变成他最强劲的对手和敌人，甚至……想亲手置他于死地。

现在的若道，真是他记忆中的若道吗？

画室里静悄悄的，仿佛连空气都停止了流动。

隐隐地，还有一缕缕火药味在无形地蔓延。

"哦？这是做什么呀？"

淡然如风的声音，打破了死寂般的沉静。

光族大祭司天音，微笑着走上前来，将手搭在若道的肩膀上，轻轻拍了拍。不过，他那双迷雾般的褐色瞳眸，直直地望入了御堂浅的眼底。

"大家难得聚在一起，何必剑拔弩张呢？"

"天音，你倒是很乐观。"

若道稍稍闪身，甩开了天音的手。

天音笑了笑，浅金色的发丝拂过脸庞，目光瞬间一凛："有信心的人，不需要戾气。今日我们两族的王觉醒、重生，是一件多么值得高兴的事情呀！这样的日子里，大家应该好好庆祝才对。"

"天音，你也变得让我不认识了。"

姚纯汐抬眸打量着天音，心中掠过一抹困惑。

尽管她的记忆没有完全恢复，可属于天音的点点滴滴，却特别清晰。印象中，天音如邻家哥哥一样温暖亲切，协助她处理光族事务，陪伴她度过困难时期，总是用他的善良和真诚包容着一切。

但是，现在的天音，仿佛戴着一副假面具，脸上的笑容根本不是发自他的内心。说出的每一句话，似乎都蕴藏着某种伪善，令人不寒而栗。

"纯汐，你这样说，我很难过。"

天音耸了耸肩，一步步走到姚纯汐的面前。

莫名地，姚纯汐有种不祥的预感，本能地直想后退。

下一秒，天音倏地抬起手，一条金色链圈闪现出来，以迅雷不及掩耳之势飞向姚纯汐，眼看着就要碰触到她的身体，将她捆绑住……

"砰砰——哗啦啦——"

两把亮晶晶的光剑砍断了金色链圈，转眼之间，它变成一个个碎片，落在地面消失了。姚纯汐愣住了，望着那个挡在自己身前的少年，不由得大吃一惊。难道，这就是影王的力量吗？

"御堂浅，你……"

"纯汐，你没事吧？"

御堂浅手握光剑，将姚纯汐护在身后，幽湖般的绿眸直视着天音和若道，看似毫无波澜却又深不可测。

从姚纯汐刚才的反应来看，御堂浅大概猜到了，光王的力量并没有觉醒。也许，天音的出现，确实令姚纯汐的记忆产生了松动，可那只是一个契机、一个突破口，就像记忆碎片一样，是凌乱而不完整的。

"看来，影王的力量确实恢复了，可喜可贺！"

天音轻扬唇角，似笑非笑，双手轻轻击掌，目光复杂而飘忽不定，让人无法看出他内心真正的情绪。与天音那副轻松乐观的姿态相比，若道就

显得有些阴沉冷漠了。

"浅，就算你恢复了力量，也未必能够返回光影世界。"

若道紧绷着俊脸，声音低低的，但他的手掌心，衍生出一缕缕黑色的雾气，迅速变成一柄镰刀。

这是影族最强大的武器之一。

御堂浅记得很清楚，那是他亲手送给若道的，那是两个人彼此信任的象征。可御堂浅万万没有想到，两百年后，若道竟然高举着镰刀，成了他的对抗者。

"若道、天音，你们作为两族大祭司，应该最明白王的真正力量。"御堂浅漠然注视着他们，稍稍凝眸，眼底的淡绿色瞬间加深，越发幽暗如墨，迸射出令人畏惧的寒光，"过去的两百年，我和纯汐将光影世界交托给你们，给予无限信任，结果却发生了意想不到的巨变，与我和纯汐的期待相差甚远，着实令我们失望。其中的原因，自不必言明，但这件事绝不会不了了之。两位祭司，真的准备向王发起挑战吗？"

此时的御堂浅，全身散发着高高在上的王者风范，倨傲尊贵、不怒而威，彰显着与生俱来的王者气势，令人不由自主地敬而远之。

面对这样的王，哪怕是威风凛凛的若道，也产生了刹那间的恍惚。

姚纯汐惊呆了！她的记忆中没有御堂浅的王者形象，只有那个玩世不恭、对她死缠烂打的少年。但眼前这个君临天下的御堂浅，再次刷新了姚纯汐对他的印象。

原来，天生的王者，自身是会焕发光彩的。

如果有一天，她姚纯汐也找回了记忆、恢复了力量，是否会像御堂浅一样，成为值得族人尊敬和信赖的王呢？莫名地，心中淌过一丝暖流，仿佛身为王者的觉悟在提醒姚纯汐，让她勇敢地承担起自己的责任。

想到这里，姚纯汐决定站出来，直面属于她的"战斗"。

"天音、若道，作为两族祭司，请你们务必听好。"姚纯汐不再躲藏，不再寻求御堂浅的保护，昂首走上前，一字一句地说，"在光影世界，有些规矩是永远无法改变的。你们追求的是什么，我没兴趣过问，但守护光影世界，保护光、影族人，是身为王的职责，这一点我和御堂浅从没忘记过，也绝对不会放弃！如果谁想将光影世界搅得乌烟瘴气，结局一定会很——难——堪。"

最后三个字，姚纯汐故意加重了语气，用来提醒天音和若道。

"纯汐，你说得太吓人，我都有些害怕了。"天音抿唇轻笑，但那笑意冷冷的，根本没有到达眼底。

姚纯汐挑眉，直言不讳："只有心虚的人，才会害怕。而天音你，不是一向对我忠心耿耿吗？你可不要妄自菲薄呀！"

"哈哈哈——哈哈哈——"

天音突然抬起头，放声大笑起来。

"纯汐，我的王。你又开始让我刮目相看了。"

姚纯汐点头微笑："彼此彼此，我也要重新认识两百年后的你才行。若没有其他事，天音你该回去了，我还要继续请学长教画画呢。"

"好，咱们改日再见。"

见天音一口答应，若道紧紧皱眉，有些着急了："天音，你……"

"就这样。"天音压住若道的肩膀，眨着眼睛示意，转而对姚纯汐和御堂浅说，"今日我和若道前来，只为祝贺两位王的觉醒，并无他意。改天，我们必会带着族人，轰轰烈烈地迎接两位王回归！"

改天……呵呵。

但恐怕这光、影两王，很难等到那一天了。

随着天音和若道的消失，画室里的紧张氛围也渐渐退散了。姚纯汐只觉身体发软，意识迷离，整个人不受控制地瘫倒下来。

"纯汐！纯汐，你怎么了？"

御堂浅赶忙伸出手，紧紧扶住她。

姚纯汐红了脸颊，气息不稳地说："我……我没事……就……就是刚才与他们对抗，耗费太多精力了。御堂浅，我好累呀！"

"你……"御堂浅为她擦去汗珠，无奈地笑道，"纯汐，我真是被你吓死了。"

姚纯汐靠在御堂浅的胸口，有些抱歉地说："对不起，我很丢人吧？也难怪光影世界会易主，天音和若道散发出的压迫感，是常人无法抵挡的。他们确实很强大，强大得超出了我的想象。"

"没关系，慢慢就习惯了。"御堂浅半开玩笑地回答。

姚纯汐当即反驳："怎么可能？"

"不习惯也要习惯。"御堂守托着下巴，琥珀色的眼眸泛起罕见的涟漪，"天音和若道今日现身，绝非与王者见面这么简单。他们在试探你们，试探你们的信念和力量，以及维护光影世界的决心。最终，他们选择了避让，应该是在忌惮什么，可尽管如此，咱们也不能掉以轻心。尤其是今天的重逢，将王与祭司彻底分成了两大阵营，以后肯定会接二连三地展开交锋的。"

"那……那我们该怎么办？"姚纯汐有些担忧，因为她的力量并未觉醒，说不定会拖御堂浅的后腿。

御堂守沉默片刻，淡淡地说："光王，现在你是最关键的人。"

"我？"姚纯汐怔住，目不转睛地盯着御堂守，"学长，我要做些什么呢？"

御堂守稍显犹豫，但望了望御堂浅，目光又变得坚定起来。

"光王，你必须尽快找出阻碍你力量恢复的原因。否则，短短十天之内，影王可能就会被关闭在光影世界之外，直至永远消失。"

第二章
行动・王的觉悟

有些话，并非危言耸听，而是无可奈何。

姚纯汐知道，御堂浅仅有最后的10天时间，去打开那扇被结界控制的光影之门，重新返回属于他的领地和世界。可她从没想过，自己会成为决定御堂浅生死的关键！

莫名地，一股罪恶感涌上心头。

姚纯汐有些懊恼，心口像被重锤狠狠敲击一般，压得她喘不过气来。

为什么？

为什么她的记忆和力量没有觉醒？

她不在乎王者的身份，哪怕继续做个普通的高中生，也甘之如饴。她只想恢复曾经的力量，帮助御堂浅打开光影之门，让他好好活下去！

永远消失？

不！那样的事绝不会发生！

她要竭尽全力去抗争、去改变，不给自己留下任何遗憾。

"学长、御堂浅，请你们告诉我，我究竟该怎样做。"

姚纯汐望着面前的两个少年，目光坚定，没有丝毫犹豫和动摇。

这一刻，她已经下定决心，甚至不惜以自己的生命为赌注，去承担光王的责任和义务。

御堂浅感激地点点头，云淡风轻地笑道："纯汐，你不要给自己太大压力。其实，我并不介意生命的终结，或许……"

"两位王,到了这个时候,你们就不要再互相安慰了。"御堂守皱了皱眉,略显无奈地叹着气,"王的存在与消失,会关系到光影世界的平衡与稳定。所以,无论如何,你们都不能轻易放弃自己!"

看着一脸焦虑的御堂守,姚纯汐和御堂浅不由得怔住了。

从小到大,在御堂浅的记忆中,哥哥御堂守都是沉稳冷静的人,好像没有什么事能够难得住他,也没有什么事会让他慌乱无措,他总是以一副泰山崩于前而不变色的淡定姿态傲然于世。可就在今天、就在此时,御堂浅见到了完全不一样的哥哥。

御堂浅心里很清楚,那个让御堂守乱了阵脚的人,正是他与姚纯汐!

姚纯汐也是第一次发现,向来我行我素、孤傲沉着的御堂学长,竟然失控了。

无论在御堂家搭救姚纯汐,还是面对光、影两大祭司的威胁,御堂学长从未犹豫或退缩,而是胸有成竹地筹划了所有事情。但现在,他分明为两王担忧了、着急了,甚至……在没有把握的情况下,宁愿将自己逼入绝境,也要鼓励和支持两位王。

这样的御堂守,让姚纯汐从心底里感到钦佩和敬重。

"哥,我答应你,绝对不会放弃!"

"学长,我也会做个称职的王!"

御堂浅和姚纯汐同时给出保证,终于让御堂守放下心来。

御堂守点点头,沉声道:"那么,我们来商量帮助光王找回记忆的方法,好在最短的时间内,打破光影世界的壁垒,让影王重返王座。"

"好!"

于是,三个人坐在画室里,畅谈各自的想法,探索着每一种可能性,再对想法进行系统的分析、归纳、整合,力求找出最佳的解决方案。

时间一分一秒过去,夕阳的最后一缕余晖也消退了。

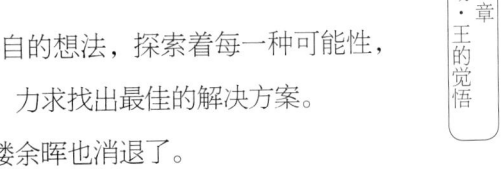

画室里的少男少女，也商谈出了满意的结果。

首先，御堂浅和姚纯汐达成共识，两个人准备以王族之间的特殊感应，来探究姚纯汐未能觉醒的根本原因。毫无疑问，这其中的"阻碍"肯定与姚纯汐过往的经历有关，她可能要好好回忆一下身边发生的另类事件了。

其次，为保护御堂浅仅剩的十天生命，几个人必须进行多方面的考虑。万一光王的力量不能在固定期限内恢复，影王又该何去何从呢？这项任务最终落在御堂守的身上，他要去找连葵，打探光影之门的结界情况，看看有没有其他破解之法。

最后，因两王与两大祭司形成了半公开的对立阵营，可想而知，更多更严重的危机会接踵而来。所以，御堂浅和姚纯汐需要各自的保护者，也就是他们二人曾经最信任、最依赖的三个光、影搭档。

"找搭档？"姚纯汐嘟起嘴，困惑地耸了耸肩，"这个嘛……非常抱歉，我连关于搭档的记忆都没有，又怎么能找到他们呢？"

御堂守不慌不忙地说："其实，光王的三个影族搭档很好找，也容易召集，就是我、连葵和绿罗。虽然分隔了两百年，但我们三人都记得你，也一直在等你，必然会竭尽全力保护你。问题是，影王的三个光族搭档，似乎有些困难。"

"困难？怎么说？"

姚纯汐糊涂了，不解地追问。

要知道，御堂浅已经恢复了记忆，很清楚他的三个光族搭档是什么人。那么，只要御堂浅一声令下，将三个搭档召集起来，不就可以了吗？

事实证明，并非如此。

两百年前，光、影两王为保护光影世界的平衡几乎奉献出了全部的力量。当时，影王的三个光族搭档，被意外地卷入光影裂缝中，受到了强烈的破坏性袭击，记忆和力量都被封印，经历了两百年的等待。

当然，那次发生在三个人身上的意外，也引起了御堂守和连葵的怀疑，至今他们两个人都没有放弃调查。

"这么说，就算御堂浅能够找到三个光族搭档，对方也未必愿意接受命令，重新跟随御堂浅？因为……"姚纯汐顿了顿，轻轻皱眉，"因为他们和我一样，失去了记忆和力量，甚至忘记了自己的身份和职责，对吗？"

御堂浅点点头："算是吧。但没关系，我相信他们！"

"嗯嗯，说不定一见到你，他们就会想起全部呢。你们一直在告诉我，王与搭档之间存在着特殊的感情，只要彼此真诚相待，一切都会好起来的。"姚纯汐扬起嘴角，忽闪着眼睛笑了。

她对御堂浅有信心，对御堂浅的三个搭档也有信心。

正如她自己，已经是最糟糕的状况了，但曾经的三个影族搭档依然在不离不弃地等待着她、支持着她。这份深切而醇厚的牵挂，想必早已根植于每个人的心底。

"那么，咱们分头行动，我今晚就去找连葵。"

御堂守见两王明确了各自的任务，随即收拾好画室里的东西，准备离开。现在，正是他们与时间赛跑的最紧急的阶段，为防止光、影两大祭司突袭破坏，必须先发制人，夺得主动权。

"哥，你要小心。"御堂浅叮嘱道。

姚纯汐也跟着说："学长，保护好自己。"

"你们两个真是……"御堂守欲言又止，似笑非笑地叹气，"这些话，我原封不动地还给你们。保护王，才是我最重要的任务，我又怎么会让自己出事呢？"

听到御堂守这样说，姚纯汐和御堂浅突然无语了，只能含笑摇头。但

是，从御堂守的身上，姚纯汐感受到了"王族搭档"的责任感和忠诚心，那就像春日里最灿烂的阳光，又像一股潺潺而动的暖流，让她整个人都变得温暖起来。

临走前，御堂浅在画室门口，拉住了姚纯汐。

"怎么了？"

"纯汐，关于我的光族搭档……"御堂浅望着她，似乎有些为难。

姚纯汐扬起下巴，黑眸炯炯发亮："说吧，什么事？"

"是这样的。"御堂浅轻轻将手搭在姚纯汐的肩膀上，英俊的面孔泛起细细的波澜，"我记忆中的三个光族搭档，其中之一是你最好的朋友，莫瑾。"

什……什么？

姚纯汐倏地僵住了，身体绷得直挺挺的，目瞪口呆地盯着御堂浅。

怎么可能？

莫瑾居……居然是御堂浅的光族搭档！这么说，莫瑾和自己一样，也不是普通人类，而是丧失了记忆的光族人？

"纯汐！纯汐！"

御堂浅连续喊了几声，姚纯汐才缓过神。

其实，御堂浅早已料到了，这个消息会带给姚纯汐巨大的震撼。可作为影王的搭档，莫瑾的真实身份迟早都会暴露于姚纯汐的面前。而且，御堂浅打算让姚纯汐和莫瑾这两个好朋友互相帮助，开启彼此失去的记忆，那样，说不定会有意外的收获。

不过……

姚纯汐得知消息后，竟失魂落魄地低着头沉默下来，也不知道在想些什么。这样的状况，反而让御堂浅十分担忧，甚至后悔这么早告诉她了。

总之，走一步算一步吧。

夜幕降临，华灯初上。

公园里寂静清冷，树丛掩映，晚风吹拂，裹挟着一丝凉意。

两个少年并肩而立，全身笼罩在昏黄的光影里，有些迷离不清。

良久，他们抬头凝望，沉默不语，没人知道他们的视线焦点究竟落在何处。

突然，一阵狂风袭来，周围的树叶哗哗作响，扬起了无数沙尘。

紫发少年微微皱眉，略显不悦地开口："天音，在画室里的时候，你为什么改变主意放过了他们？"

"若道，少安毋躁。"

另一个少年扭过头，淡淡地出声劝慰。

原来，他们就是从雅丘学院离开的光、影两族大祭司——天音和若道。

其实呢，见过两族的王者之后，他们本是打算回到光影世界，去完成接下来的计划部署。但光族祭司天音，在最后一刻，竟拉着影族祭司若道，走入了这个人迹罕至的公园。

"若道，我很明白你的心情，不过……"天音故意顿了顿，唇角漾起一抹浅笑，"今天你也看到了，两百年后的王有些超出了我们的预想。尤其是你们的影王，他的记忆和力量恢复得很快、很完整，一旦发生正面冲突，他必然会成为我们最强的阻碍。"

若道不屑地反问："那又怎样？"

"哈，你觉得呢？"天音轻叹一声，眸色缓缓变深，"若道，你我最清楚王的真正力量。否则，两百年前，他们也不会……算了，过去的事不再多提，我只问一句话，以你现在的力量能够对抗你的王吗？"

若道撇撇嘴，冷冷地回答："哼！绰绰有余。"

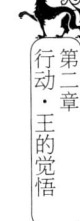

"哈哈哈——哈哈哈——"

天音先是一愣,随即拍着若道的肩膀,仰头大笑起来。

若道冷眼注视他,两道星眉越皱越紧:"天音!你什么意思?"

"若……若道,你别误会,我只是……"天音摆摆手,连续做着深呼吸,逐渐让自己平复下来,"若道,我从未质疑过你的力量。不然,我也不会背叛纯汐而选择与你合作,但我今天不得不打击你一次了。"

若道稍稍有些动容,千年不变的冰山俊脸泛起了涟漪,显然是明白了天音的暗示。

"天音,你觉得我会输?"

天音再次露出笑容,摇头道:"不,结果当然不会变!最终,我们一定是胜利者。只不过,现在的你绝非御堂浅的对手,你的力量不及他。"

若道怔了怔,眯起一双金瞳,若有所思。

怎么回事?

天音那个家伙越来越会故弄玄虚了,让他也变得越来越糊涂了。

当初,若道和天音约定好的,要各自"解决"各自的王。若非御堂浅成为幻灵,总是追踪不到,耽误了太多时间,根本就不会留下今日的麻烦。而天音呢,明知光王姚纯汐在雅丘学院,竟然自顾自陪伴着他的光王,没有采取一点儿行动。

于是,若道从御堂七海那里得知姚纯汐的光王身份后,决意代替天音,将光、影两王一并处理掉。可惜,那晚因御堂守的阻挠,导致他们功亏一篑,错过了最佳机会。最让若道郁闷的是,天音事后非但没有感谢他,反而责备他多管闲事、打草惊蛇。

因此,若道有些愤愤不平,不由得对天音提高了几分戒备。

现在回想起来,他与天音虽然同为大祭司,但两个人的性格特点、行事风格却有着天壤之别,几乎没有相通之处。那么,为什么两百年前,他

与天音竟会一拍即合地走上一条不归路呢？或许，经过了两百年，他们依然没有找到答案吧。

"若道？若道！"

天音侧眸打量着若道，眼底流转着一丝好奇。

作为光、影两族的祭司，天音和若道很早就认识了。天音善于察言观色，遇人遇事，多会三思而后行。若道正好与之相反，喜欢直来直往，常常是行动为先。所以，天音也很少看见若道深入思考的模样，可刚才……若道居然想得失神了，的确有些反常。

"若道，你不必惧怕你的王。"

天音担心，若道是因他的话而产生了犹豫。

若道沉默几秒，突然勾唇冷笑："在我的人生字典里，根本没有'惧怕'两个字，无论对手是谁。我只是觉得可惜，今天明明是个好机会，我们又错过了。"

"别在意，若道。"天音轻轻挑眉，浅金色的发丝在他的脸庞洒下一道道剪影，"我并不否认，趁着纯汐没有恢复力量而采取行动，是绝佳的时机。但最终的结果，很可能是两败俱伤，这样的代价有些大了。若道，再等一等，很快我们就能抓住一个更好的机会了。"

"更好的机会？"若道半信半疑。

天音笑着点头："没错！也许是，最好的！"

"你那么有把握？"若道冷哼一声，提醒天音，"别忘了，你的光王随时都可能恢复力量，成为你最强大的对手，结果只会更加糟糕。"

闻言，天音的笑意明显加深，幽幽地回答："放心，不会的。纯汐找回来的记忆，只有我一个人。而她的王族力量，也将永远无法觉醒！"

"哦？这是真的吗？"若道了然于心，沉声询问，"难道，光王的力量受阻与你有关？"

天音不置可否，似笑非笑地看着若道，再也没有多说一句。

夜色正浓，光影缭绕。

静悄悄的公园，逐渐升腾起薄薄的雾霭，袅袅冉冉，烟雾朦胧，仿佛整个世界都变得神秘莫测起来。

一轮残月移出云层，洒下凝霜般的寒光，星星点点，支离破碎。

街道上，人们行色匆匆，平静如常。

然而……

这一晚，注定会是一个特殊的不眠之夜。因为，两百年后，光、影两王与两大祭司之间的交锋，已从此刻正式开始了。

第三章
探寻・觉醒之法

有时候,能够帮助自己的人,只有自己。

这就是姚纯汐寻找记忆的最深感受。

尽管御堂家两兄弟为她指明了行动的方向,但那些发生在她身上的事,也必须依靠她自己去努力回想、努力寻找。毕竟,无论御堂浅的力量多么强大,都不可能进入姚纯汐的潜意识里帮她寻找记忆,这件事终归还是要她自己独立完成。

只不过……

凭借着光、影王族之间的特殊感应,御堂浅已经明确告诉姚纯汐,造成她记忆和力量觉醒的障碍,就存在于她的经历中。

"纯汐,任何人都无法牢牢记住全部琐事。你放松心情,只要去回想一些反常的、另类的、奇异的遭遇,那其中被忽略的蛛丝马迹,往往是最重要的线索。"

御堂浅对她的叮嘱和鼓励,一遍又一遍地回荡在她的耳边。

姚纯汐按照御堂浅所说的方法,坐在自己卧室的床上,全身放松,双目微闭,让空荡荡的脑袋慢慢进入思考状态,追溯发生在自己身上的怪事……

其实,她的生活很平静,没有什么波澜起伏。

回想起来,一次归家途中遇到了一场诡异的事故。说起来,当时的很多细节她都记不清楚了。只记得当时她和爸爸妈妈坐在车里,一路畅通无阻，毫无障碍。但偏偏不知道怎么回事，爸爸的车子莫名其妙地开始原地打滑，怎么都控制不住。最不可思议的是，明明在车子行驶的过程中，前后都有其他车辆行驶，可发生事故的时候，周围的一切就像突然被什么东西隔绝了似的，有种瞬间消失的感觉。

也许是惊吓过度，随着车子的失控，爸爸妈妈都昏迷过去，不省人事。而年仅六岁的姚纯汐，却毫发无伤地躺在车子里，之后便从窗口见到了一束宛若太阳光般灿烂的金色光芒。出于好奇，她推开车门，走了下去。

四周静悄悄的，空无一人，什么都没有。

那时的她，因为年纪太小，有种"初生牛犊不怕虎"的勇气，所以没有察觉到什么异状。如今去想想，才发觉事故的现场太离奇、太诡异，就像她和爸爸妈妈被带入一个迥然不同的异空间似的，与外面的世界彻底断了联系。

年幼的姚纯汐，追着那束金色的光芒，一直向前走。

慢慢地，那光芒越变越强，好像一团闪亮的、透明的棉花糖，刺痛了她的眼睛，也遮挡住了她的视线，使她产生一阵强烈的眩晕感，小小的身体向后倒去……

"咚！"

她并没有摔倒，而是投入了一个陌生的怀抱。

"谁？是谁？"

她开口询问，抬头想要看清楚对方，但她怎么都睁不开眼睛，脑袋还变得昏沉沉的，仿佛在睡梦中一样。

隐隐地，她感觉到对方的手覆在她的额头，还轻柔地摸了摸她。

哈，好温暖、好舒服呀！

虽然时间很短暂，但她做了一个很幸福、很甜美的梦。在梦里，她是

个快乐自由的小公主，一直开心快乐地欢笑。金灿灿的阳光下，有个帅气温柔的大哥哥走到她的身边，微笑地向她伸出手来。

可是，那阳光太夺目，太耀眼，她怎么都看不见大哥哥的模样。而当她抬起自己的小手，即将碰到大哥哥的掌心时，她突然就从美梦中惊醒了！

大哥哥不见了，金色的阳光也不见了。她呆呆地站在马路上，冷风呼啸而过，冻得她瑟瑟发抖。距离她几步之遥的地方，停放着一辆被撞坏的车子，车里已经昏迷的一对夫妻，正是她的爸爸妈妈！

一阵阵喧闹的声音传入她的耳朵，令她慢慢回过神来。

不！这不是梦！

爸爸妈妈在带她回家的路上，一起出了车祸。旁观的人群围拢过来，盯着她议论纷纷，警车、救护车的声音也由远及近，变得越来越清晰。

"小朋友，你有没有受伤呀？"

"小姑娘，能听到我的话吗？"

有人走过来，拉住她的手，关切地询问；还有人冲上前，摸着她的脸颊，拢着她的发丝，一边查看她的身体状况，一边将她抱上了担架……

就在她被送入救护车的瞬间，一个与她年纪差不多大的陌生小男孩跑到了她的身边，不知出于什么原因，小男孩定定地看着她，紧紧握住了她的手……直到现在，姚纯汐还记得，小男孩冰凉的手心湿漉漉的，像是刚刚被雨淋过一样。彼此视线相撞的瞬间，小纯汐的双瞳突然不受控制地流出了眼泪，周围的一切都慢慢变得模糊起来，包括小男孩那张清秀的面孔。

正是从那次事故之后，姚纯汐渐渐发现，她的眼睛"出问题"了。

没错！她开始能够看到一些奇奇怪怪的东西。姚纯汐成了与众不同的孩子。

最初的时候,她很害怕,总是四处躲藏,想逃避那些东西,却无济于事。她向身边的同伴、朋友求助,可大家不仅不相信她说的话,还用异样的眼光看着她,有人甚至劝她去看心理医生。无奈之下,她选择了独自承受,不再多说,不再多看,自己给自己鼓劲,努力让自己变得勇敢。

慢慢地,随着年龄的增长,她的胆子变大了,渐渐地习惯了那些东西的存在。

很多时候,姚纯汐一眼就能分辨出对方是什么身份,也就知道怎样去面对和处理一些突发状况了。偶尔,她一心软,还会想办法帮助他们,或者做他们倾诉的对象,从而给无聊的日常生活增添一点儿别样的乐趣。

"唉……大概就这么多……"

姚纯汐叹了口气,睁开双眼,结束了回忆之旅。

她在家里绞尽脑汁,思来想去,感觉十多年中唯一称得上"怪异"的事,应该就是自己这双能够见到不明物体的神奇的眼睛了。

不过……

这是御堂浅很早就了解的情况,恐怕对于找回她的记忆,没有什么帮助吧?

"白白浪费时间,我究竟该怎么办呢?"

姚纯汐站起身,略显沮丧地甩了甩头,向卧室外面走去。

午后的阳光,从窗口洒进来,温暖明媚。

地面上,光影交错,斑驳多彩,零零碎碎。

姚纯汐望着眼前的情景,恍惚之间又想起了六岁那年的奇特梦境:那时的阳光就像现在一样,闪烁着金子般的光泽,暖暖地照耀在她的身上,令她忘却了恐惧和孤独。还有那个看不清面孔的大哥哥,他的笑容很温柔,他的手慢慢靠近了她……

"叮咚——叮咚——"

门铃声突然响起,硬生生打断了姚纯汐的思绪。

她微微皱眉,转身走向玄关,迟疑地打开了家门。

"莫瑾?"

见到站在门口的女孩,姚纯汐不禁有些吃惊。莫瑾倒是一副兴高采烈的样子,朝她摆摆手,笑眯眯地打招呼:"嗨,纯汐!"

"莫瑾,你怎么来了?你周末不是要去上辅导班吗?"

莫瑾点点头:"今天老师请假,我就顺路去了花店,大叔说你没去打工。我正纳闷儿呢,就收到了你发的微信。"

"呃?我的微信?"

姚纯汐又是一惊,她可没发信息给莫瑾。

更准确地说,她自从知道莫瑾的光族搭档身份后,心情一直沉甸甸的,还没想好怎样跟莫瑾解释呢。而且,她的手机今早黑屏,御堂浅帮忙拿去修理,还没送回……哦,她明白了,发信息给莫瑾的人应该是御堂浅。或者说,这是御堂浅"特意"安排的,希望由她这个好朋友将一切告知莫瑾。

"对呀!你说有事找我,让我来家里。"

莫瑾掏出手机,忽闪着一双蓝眸,示意要给姚纯汐查看。

姚纯汐赶忙摇摇头,笑着拉住莫瑾,将她带入家里:"好了,好了,先进来坐,咱们再慢慢谈。"

"纯汐,你专门叫我来,是有很重要的事吗?"

莫瑾望着她,睁大眼睛仔细打量,心中同样充满了好奇。

平日里,两个好朋友算是无话不谈,哪怕一些隐秘的感情问题,她们也会互相交流,互相帮助,彼此之间很坦诚。正因如此,若真有什么事,她们往往在学校里就会商谈了,趁着休息日到对方家中密谈的情况,确实不多见呢。

姚纯汐微微一怔,显得有些犹豫,但最终还是长叹一声,郑重地回答:"嗯,很重要很急切的事。"

"啊?真的是这样。"莫瑾像个受惊的小兔子似的,捂着嘴巴,连连点头,"那好,你快说。"

姚纯汐感激地笑了笑,拉着莫瑾坐在客厅的沙发上,心情反而加重几分。瞧瞧!她的好朋友那么胆小,那么乖巧,完全就是朵温室里长大的花儿,怎么能接受外面的风吹雨打呢?如果直接告诉莫瑾,她其实并非人类,而是能够存活几百年甚至上千年的另一种生物体,莫瑾会不会当场晕倒呢?

想到这里,姚纯汐只能无奈地苦笑,脑海中浮现出御堂浅那张看似人畜无害的俊脸,心底"噌噌噌"直冒火。她双手握拳,故作生气地腹诽诅咒御堂浅,谁让他把这么艰难的任务不声不响地交给她了呢?

宁静的公寓,一切物品排列得井然有序,一尘不染。

窗外的阳光金灿灿的,散发着炫目的光彩。

姚纯汐和莫瑾坐在客厅里,一边喝着美味的果汁,一边说着少女间的悄悄话。她们握着彼此的手,凝眸注视着对方,脸上带着甜美的笑容,彰显着飞扬的青春、爽朗的个性。

突然,姚纯汐放下果汁,身体微微前倾,向莫瑾更靠近一些,咬着嘴唇道:"莫瑾,接下来我要给你讲个离奇的故事。"

讲故事?莫瑾先是一愣,随即骨碌碌转动眼珠,试探般地询问:"纯汐,难不成……你要讲鬼故事吗?放心吧,我才不会害怕呢。既然是故事,总会有些离奇,我的小心脏还是足够强大的。"

看着莫瑾那副满不在乎的样子,姚纯汐直感到一阵头痛,无语地抽了抽嘴角。好吧,好吧,她权当自己和莫瑾丧失的记忆与经历,只是一段跨

越时空的离奇故事吧。如果莫瑾能从故事中找回曾经的光族搭档身份，也不失为一个完美的结局。

但这无非是姚纯汐的美好幻想，真要找回两百年的记忆，怎么会如此简单呢？抱着试试看的心理，姚纯汐将她所知的有关光、影两族的历史、事件，一五一十地告诉了莫瑾。当然了，其中最不可少的，就是介绍两王的光、影搭档。

"哦，天哪！"

听完之后，莫瑾猛地从沙发上站起来，不断地发出感慨。

"纯汐，这个故事实在太棒、太精彩了！"

"呃……"姚纯汐叹气，有些意兴阑珊，"只是这样吗？"

"当然不是啦！"莫瑾将双手搭在姚纯汐的肩头，兴奋地摇晃着她，"纯汐，你怎么会构思出这么宏大、这么厉害的故事呢？我要把它记录下来，写成一部小说，给出版社投稿，到时候……"

"打住！打住！"

姚纯汐急忙喊停，做了个"STOP（停）"的手势。

不得不说，现在的情况有些出乎姚纯汐的预料。其实，她之前大概猜到了莫瑾不会一下子恢复记忆，但……但或多或少应该能够对莫瑾有所触动，带给她一些思考吧。谁知，结果竟这么富有戏剧性，简直让姚纯汐哭笑不得。

"莫瑾，我给你讲的故事，不是胡乱编出来的，而是……"

"而是什么？"莫瑾眨着眼睛追问。

姚纯汐深吸一口气，郑重地说："这是一个真实的故事。"

"真实的？"莫瑾皱了皱眉，好像更迷糊了，"纯汐，你的意思是，世界上真的存在光族人、影族人和他们生活的异空间吗？"

"是的。"姚纯汐肯定地点头，"而且，故事中的光王，就是……"

"叮咚——叮咚——"

突如其来的门铃声,恰恰在关键时刻打断了姚纯汐的话。

她困惑地望向门口,一步步走了过去。怎么回事?她家今天的不速之客真多呀!好不容易跟花店大叔请假一天,她本想静静地寻找自己的记忆,结果……家里似乎变得越来越热闹了。

打开门,姚纯汐再次惊呆了!

"御堂浅?"

呃?不只御堂浅,他的身后居然还跟着一个似曾相识的少年。

姚纯汐盯着少年,短短几秒钟,倏地惊叫一声:"你……你是宿白?"

"对,是我。"宿白挠挠头,咧嘴笑了笑,露出一口雪白整齐的牙齿,"不过,我在博城学院读书,你怎么会认识我呢?没想到连外校生都知道我,原来我的名气这么大呀!哈哈哈!"

姚纯汐见状,抬手抚额,不由得无语了。

她之前调查过宿白,了解过他的情况,但今日真正面对面交谈后,才发现……宿白不仅仅喜欢行侠仗义,似乎也是个心很大的人。

当然,姚纯汐更加好奇,为什么御堂浅带着宿白一起来了她家?

走入客厅,御堂浅、宿白、莫瑾互相望着彼此,仿佛被什么东西吸引一样,视线在半空中交织,如同静止的画面般,久久未动,毫无声响。

隐隐地,一种微妙的氛围在客厅里蔓延开来。御堂浅注视着莫瑾,绿宝石般的眼眸中流转着灿亮的光芒,唇边也漾起了笑意。难怪在他成为幻灵的时候,第一次见到莫瑾,他就会感觉莫名的熟悉。原来,莫瑾从两百年前乃至更早开始,就是他信任和认可的光族搭档了。

反观莫瑾,明明是和御堂浅初次见面,但御堂浅就像早早深植于她的心底,令她不由自主想去靠近。而且,不受控制地,莫瑾竟将姚纯汐所讲

故事中的人物，叠合在她和御堂浅的身上，影族之王、光族搭档、两百年前的那场灾难、光影世界的稳定与平衡……

"影王，您不会后悔吗？"

"不会。"

"既然如此，作为您的搭档，我也会支持您。"

"莫瑾，好好照顾自己，两百年后我们再见。"

"嗯，我会等您回归。"

"莫瑾，谢谢你。"

一段段记忆，如同一朵朵五彩的烟花，在莫瑾的脑海中连续绽放。那灿烂的光芒，那欢乐的笑声，那曾经患难与共的时光，那永不磨灭的信任……就像散落在水面的小雨滴，令莫瑾平静的心湖泛起无数涟漪。

"轰——"

仿佛重磅炸弹爆裂一般，那些被尘封的记忆喷涌而出，一一浮现在莫瑾的眼前。

莫瑾怔怔地后退两步，幽海般的蓝眸直勾勾地盯着御堂浅，嘴唇微微颤抖，难以置信又惊喜万分地说出一句话。

"影……影王？您终于回来了！"

第四章
端倪·目标显现

洒满阳光的客厅，沉静温暖。

斑驳交错的暗影，在地面上无声地晃动。

三双眼睛、六道目光，宛若探照灯一般，落在莫瑾的身上，定定地注视着她。

特别是姚纯汐，因震惊而无法动弹，呼吸都快要停止了。

不……不会吧？

这么简单、这么轻易……莫瑾就找回了两百年前的记忆？

那……那与莫瑾状况几乎相同的她，为什么记忆和力量都无法觉醒呢？

正当姚纯汐百思不解的时候，莫瑾突然跑到她的面前，忽闪着幽蓝的大眼睛，谦卑而欣喜地说："纯汐，还有你！我全部想起来了，你是我们的光王！"

"呃……"姚纯汐握住莫瑾的手，抱歉地笑了笑，"可惜，我……我直到现在，也没能找回自己的记忆。对不起，莫瑾，我愧对……"

"我的王，您可千万不要这样说哦。"莫瑾飞快地摇头，做了个可爱的鬼脸，"我们光、影族人默默等待两百年，就是为了迎接王的重新回归。所以，光王、影王，请接受莫瑾对你们的衷心欢迎！"

说着，莫瑾便主动俯下身来，向姚纯汐和御堂浅恭敬地行礼。

"别……别！莫瑾，你别这样！"

"是呀！莫瑾，不必拘礼了。"

得到两王的应允，莫瑾先是一愣，随后感激地点点头，忽闪着蓝色的大眼睛，一下子跳到宿白的身边去了。

"宿白，两百年后我们又见面喽。"

莫瑾扬起下巴，笑眯眯地朝宿白伸出手来。

宿白明显怔住了，盯了莫瑾一会儿，才讪笑着握住她的手，自嘲般地说："看来，御堂兄弟真是影族之王，而我……果然不是人呀！"

"谁说你不是人的？"莫瑾当即反对。

"啊？"宿白一脸尴尬，咧嘴笑道，"那个……你叫莫瑾，是吧？很高兴认识你，也谢谢你还记得我。不过，我怎么没有两百年前的记忆呢？御堂兄弟到学校找我，我其实特别高兴，可他给我讲了一堆奇怪的事，就是光族、影族还有搭档之类的。最重要的是，他让我知道了，原来我自己不是人。"

"你当然是'人'！"莫瑾再次强调，还紧紧抓住了宿白的手，"你和我，都是如假包换的'光族人'。至于为什么会这样，估计影王已经告诉过你了。而且，宿白，你还是影王的三个搭档之一，是身手最厉害的一个。"

听到"身手"二字，宿白顿时来了兴致。

他虽然不像莫瑾那样，回想起了过去的全部，但不管他的身份如何，他对自己的拳脚功夫一直是充满了信心，就算重新作为影王的搭档，他也能够胜任。

"莫瑾，你帮帮我呗。"

宿白拉着莫瑾，向她提出请求。

说实话，尽管他不记得光王、影王和莫瑾，但莫名地，和这些"陌生人"在一起的时候，他竟然感到很放松、很愉快，好像彼此很多年前就是

熟悉的朋友了。

也正是因为这样，他才会毫不犹豫地接受御堂浅讲述的一切，包括他早已遗忘的身份。

"帮你？帮什么？"

宿白挠挠头，望着莫瑾道："还能有什么？给我多讲讲过去的事，或许我就能想起自己是什么人了。"

"怎么？现在承认你是'人'了？"莫瑾故意开玩笑。

宿白不以为意，厚着脸皮说："哎呀，我是觉得人不人已经没关系了。这会儿呢，我最感兴趣的，是未知的新世界。"

"少来！什么未知新世界？光影世界才是我们生活的世界。"

"好、好、好！莫瑾大小姐，全听你的，赶快开讲吧。"

莫瑾和宿白这对欢喜冤家，竟心有灵犀地达成一致，两个人全神贯注去追溯光影世界两百年前的过往，完全忽略了站在他们身边的两王。

姚纯汐和御堂浅相视一眼，有些哭笑不得。

但不管怎样，莫瑾恢复了记忆，宿白也接受了自己的使命，这对两王而言，都是值得高兴的事。

为了不打扰两个搭档，姚纯汐带着御堂浅来到了客房，准备谈一谈她自己。

其实，当莫瑾不请自来、出现在她家门口的时候，姚纯汐就已经猜到，御堂浅肯定有什么特别的安排。

果然，不出所料，御堂浅不仅唤醒了莫瑾这个光族搭档，还找到了另一个搭档宿白。

这样的行动力，让姚纯汐有些吃惊，但她也深深明白，御堂浅心里是迫切地想要返回光影世界的。

"对不起，御堂浅。"

姚纯汐很清楚，能够帮助御堂浅冲破光影之门结界的人是她，可她偏偏有心无力，什么都做不到。

御堂浅微微一怔，凝眸轻笑："纯汐，不要自责，总会有办法的。"

"还能有什么办法？时间一天天过去，我却……"姚纯汐紧紧咬住嘴唇，脸色泛白，目光中流转着深深的歉疚，"御堂浅，请你告诉我，我到底应该怎么做？我今天仔仔细细回想过发生在自己身边的怪事，除了六岁那年的意外，没有其他了。"

"哦？那场车祸吗？"御堂浅脱口而出。

姚纯汐皱眉，定睛追问："你怎么知道？当时你也是个孩子，家里人应该不会特意告诉你吧？难道，你当时在现场？"

"对，我在。"

什……什么？

姚纯汐惊呆了，屏住呼吸，目不转睛地注视着御堂浅。

他……他说什么？

十年前，她六岁的时候，在那次车祸的现场……居然有御堂浅！这是真的吗？为什么她对御堂浅没有任何印象？抑或，御堂浅只是凑巧路过，看到了那场意外事故？

太多的疑问困扰着姚纯汐，她的嘴巴张张合合很多次，竟说不出一个字来。

见状，御堂浅走上前，抬手搂住她的肩膀，轻轻拍了拍。

"纯汐，别紧张，放轻松。"

"这……"姚纯汐喘了口气，迫不及待地追问，"你快告诉我，那次车祸究竟是怎么回事？现在回想起来，我隐隐能够察觉出其中的异状，但又不敢确定。御堂浅，你当时为什么会在现场？那场车祸与你有关吗？"

御堂浅拉住姚纯汐的手，绿眸中闪烁着温静的光芒，一字一句地回

第四章·目标显现 端倪

道:"那场车祸当然与我无关,可我会在现场,应该也不是简单的巧合。"

什么意思?

姚纯汐嘟起嘴,皱紧眉头,感觉越来越迷糊了。

御堂浅笑了笑,俊美的脸庞越发帅气十足,薄唇轻启,继续说:"其实,按照两百年前的约定,我们光、影两王,一定会在某一天与彼此相遇。这是王族之间的契约,也会影响到我们的觉醒。正是在你六岁那年,在车祸现场,我们第一次见到了对方。那时,我们素昧平生,但凭借着王族之间的特殊感应,我一眼就认出了躺在担架上的你,并在你被送入救护车之前,牢牢抓住了你的手,与你订下契约。"

"你……你就是那个手很冰的小男孩?"

姚纯汐记得这一幕,只是不了解其中的内情。

御堂浅点头:"是的。我和你订下契约后,你得到了一双'破影之瞳'。而我,被你给予了实体,令我摆脱了影族的弱点,不会在阴天下雨之际变成透明人。这些,都是我们两百年后觉醒的必要条件,包括我的突然消失以及我的幻灵状态。"

姚纯汐没有回应,思绪有些混乱,暗自沉默下来。

依照御堂浅所说,光王和影王的觉醒需要时间和条件。那么,御堂浅利用王族之间的契约,来到了姚纯汐的身边,两个人开始摸索着寻找失去的记忆和力量。

如今,御堂浅的王者力量全部觉醒,已经用事实证明,他讲的一切并无虚假。可姚纯汐的记忆受阻、力量荒芜的这些情况问题出在哪里呢?会不会是她觉醒的条件不足呢?

"御堂浅!"

姚纯汐倏地挑眉,似乎想到了什么。

御堂浅凝眸注视她，有些意味深长："纯汐，是不是有了什么发现？"

"发现谈不上，我只是在想……"姚纯汐托着下巴做思考状，顿了顿后说，"既然我们两个人的觉醒条件有限制，那会不会是什么人在背后故意破坏了这些条件，从而导致我的记忆和力量无法顺利觉醒呢？"

御堂浅明显一愣，表情微微改变，冰绿色的眸光也加深几分。

"嗯，确实有这种可能。"

坦白说，若非姚纯汐提醒，他之前从没这样想过。

为什么呢？

其中的原因，不言而喻。两百年前，光、影两王为了保护光影世界，选择了自我牺牲，这在光、影族人心中是崇高的荣誉，是历史的光环。御堂浅一直相信，族人们会为这样的王而感到骄傲，耐心等待王的回归，不可能去阻止王的觉醒。

除此之外，还有一点。

光、影族人虽然拥有特殊能力，比普通人类强大很多，但他们也有自己的弱点。他们无法以自身形态存在于普通的人类世界，待得时间越久，生命就会越危险。

因此，想要在光影王族的记忆和力量被封印时搞破坏，也并不是不容易做到的。

不过……

御堂浅的想法，现在开始改变了。

有些特殊的光族人和影族人，能够凭借强大的力量制造结界，也就是普通人类无法看穿的异空间。当姚纯汐的记忆和力量被封印的时候，如果将她带入异空间，神不知鬼不觉地破坏她作为王觉醒的条件，是可以办到的。

尤其是，这两百年来，在姚纯汐的身边，并没有光族人的陪伴，她完全是暴露的。而御堂浅正好相反，他一直都在若道和御堂七海的"监视"之下。说起来，御堂浅倒是一点儿也不排斥这份监视呢。或许，正因为有了这份监视，他的觉醒才会更加安全、更加顺利。

"纯汐，你六岁那年遭遇的事故，有没有什么异状？"

"异状？"姚纯汐轻轻挑眉，望着御堂浅道，"你的出现算不算？"

御堂浅苦笑着摇头："放心吧，我肯定不会是阻碍你力量觉醒的人。其他的，你还觉得有什么不妥吗？"

"有！"

姚纯汐不假思索地回答。

御堂浅怔了怔，一脸无奈地看着她："纯汐，你……"

"我没有开玩笑，是真的！"姚纯汐垂下视线，长长的、漂亮的睫毛像小扇子似的覆盖在眼眸处，她一边想一边说，"六岁那年，在车祸发生后没多久，我的爸爸妈妈都昏迷了，而我却莫名其妙地做了一个奇怪的梦。"

"梦？你在车里睡着了？"

御堂浅有些愕然，那次事故的状况虽不严重，但姚纯汐的父母还是受伤了，唯独姚纯汐安然无恙。

姚纯汐眨了眨眼睛，轻轻摇头："不，我当时很清醒，还自己走出车子，进入一个非常温暖的地方。御堂浅，你还记得吧？发生车祸的那天，是个阴冷的日子，可我却看到了金灿灿的阳光，还有一个亲切友好的邻家大哥哥，所以那一定都是做梦。"

"大哥哥？他是谁？"

姚纯汐耸了耸肩，遗憾地叹气："我不认识他，我也没看清楚他的模样。我只记得，他抚摸着我的手很温暖……"

接下来，姚纯汐讲述的梦中内容，就变得无关紧要了。

御堂浅最在意的，是那个几乎让姚纯汐陷入沉睡的大哥哥。尽管他不太确定，但那一天，如果他没有去和姚纯汐订下契约，那么……姚纯汐真的会沉浸在大哥哥制造出的异空间里，永远不会苏醒。

毫无疑问，阻碍姚纯汐记忆和力量觉醒的人，一定是那个神秘"大哥哥"了。

那么，对方会是谁呢？

通过姚纯汐的描述，御堂浅大概能够推断出，对方来自光族。正如光与影互相依存的关系，影族人往往生活在暗处，制造的异空间必然也会更适合自身，不可能光芒四射。

看来，目标差不多锁定了。

只要找出光族族人中知晓王族觉醒条件的人，再加以排查试探，就一定能够让对方露出端倪，自动现身。

十年前的那场意外，成了姚纯汐恢复力量的突破口。

这显然是个天大的好消息。

而影王御堂浅，不仅顺利找到了两个光族搭档——莫瑾和宿白，还重新获得了他们的追随和支持，这无疑是第二件值得高兴的事。

更加幸运的是，御堂守、连葵和绿罗在光影世界奔波调查，果然探听到了光影之门的结界另有破除之法。原来，光影之门的结界就像以前御堂家的结界一样，是专门为影王御堂浅设下的，其他族人的进出不会受到任何影响。

不可否认，那结界的力量非常强大，以影王现在的个人之力，是无法抗衡的。

而光王的力量能否觉醒，仍是个未知数。

第四章　端倪·目标显现

在这么关键的时刻,如果找到了其他办法,所有的困境都能迎刃而解了。

但是……

据说,光影之门结界的另一个破除之法,掌握在大祭司若道的手中。要想从若道那里获知这个重要信息,就只能依靠绿罗了。

所以,御堂浅、御堂守、姚纯汐,都集中在御堂家等消息。

夜幕苍茫,漆黑如墨。

御堂家的客厅里,灯火通明,亮如白昼。

今天,家主御堂七海有事外出,要很晚才能回来。

正是看准了这个机会,伙伴们才会聚在一起,等待绿罗那边的情报。

两百年来,绿罗作为光王的影族搭档,从未改变过她的忠心。但若道好像一直很在乎绿罗,为了将绿罗留在身边,不惜用红罗的性命来威胁绿罗。

迫不得已之下,绿罗只好委曲求全,和妹妹红罗一起做了若道的影族使者。

绿罗原本以为,她两百年的伪装应该得到了若道的信任。可是,上次在御堂家的院子里,绿罗从时空裂缝中看到影王御堂浅被若道逼得岌岌可危,出于对王族的忠诚,她奋不顾身地保护了御堂浅,并坦承了自己的信念。

可想而知,若道当时会有多么气愤、多么恼怒。

返回影族后,若道狠心惩罚了她,将她囚困起来,彻底禁足,不准她再离开光影世界半步。

绿罗很清楚,若道自始至终都没有完全信任过她。否则,他也不会用妹妹红罗作为筹码来威胁她。但也正因为妹妹的存在,绿罗没办法反抗若道，更不能轻易离开他。

这样一种微妙而古怪的关系，令绿罗深感苦恼，很想摆脱掉，又似乎带着一丝不舍，连她自己都觉得迷失了。

恰在此时，连葵带来了光、影两王的新消息。

绿罗仿佛看到了希望的曙光，立刻答应配合御堂守的安排，帮忙打探光影之门结界的具体情况。

她听见若道命令红罗，加强影之门的守卫，以阻止影王的回归。

但在交谈之中，绿罗敏锐地发现了结界的漏洞和若道的担忧。

经过几次试探，她从若道口中确认，光影之门的结界另有破除之法。

"祭司大人，请让我去帮红罗吧。"

绿罗主动接受任务，想找机会离开，将消息告知连葵。

若道扬着下巴，冷眼注视绿罗，金瞳中闪过一抹不屑："你居然会提出这样的要求？倒是让我很意外呢。"

"我……我知错了，力求将功补过。"

绿罗被若道囚困多日，说出这样的话，也算合情合理。

若道倏地靠近她，眯起眼睛，上上下下打量她一会儿，略显不悦地点头："也好，只要你想明白了，我就给你机会。"

"多谢祭司大人！"

绿罗面露欣喜，赶忙领命而去。

呼！成功了！

绿罗一路奔跑，去往她和连葵约定的地点，将获知的重要信息告诉连葵。

连葵叮嘱绿罗几句，迅速闪身离开，通过时空裂缝，进入御堂家。

"破除结界的方法，得到了！"

连葵站在御堂家的客厅里，大声宣布这个好消息。

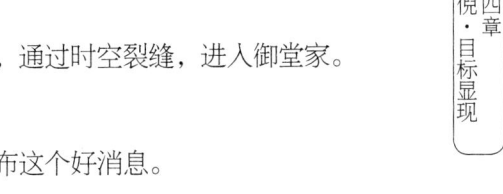

与此同时。

光影世界的阴暗处,大祭司若道望着绿罗匆忙报信的身影,脸色越发冰冷如霜,金灿灿的瞳眸几乎要喷出火来。

"绿罗,你又辜负了我,就别怪我不客气了。"

第五章
圈套・将计就计

这是一个阴沉的夜晚。

月黑风高，树影攒动，枝叶沙沙作响，雾气迷蒙。

御堂家大厅。

华美的水晶灯高高悬吊，闪耀着璀璨绚烂的光泽。纯白色的欧式家私，整齐洁净，在灯光的映衬下，更显尊贵别致。

御堂兄弟和姚纯汐坐在沙发里，默不作声地望着彼此，脸上的神态迥然不同。

姚纯汐有些着急，有些担心，双手紧紧交握，还不停地抬头去看墙上的挂钟。

御堂浅端着红茶，动作优雅，如同绅士般唇边含笑，泰然自若。温热的茶气缓缓升腾，若隐若现地遮住了他那双绿宝石般的眼睛，令人看不清他真正的目光焦点。

相对于光、影两王，御堂守的情绪更加复杂。

三天过去了，计划中的每件事都在按部就班地推进，好不容易找到了帮助影王回归的另一根救命稻草，御堂守激动的心情可想而知。不过，这其中的风险，也是无法预测的。他只盼望绿罗和连葵的行动，能够顺顺利利，就算不尽如人意，至少要保证各自的安全。

"咳咳……呃……"

姚纯汐故意清了清喉咙，打破了客厅内沉闷的氛围。

坦白说,她根本没有耐心老老实实等下去,恨不得立刻让自己的力量觉醒,将现在面临的困难一并解决。

"纯汐,你不舒服吗?"

御堂浅放下手中精致的茶杯,抬头望向姚纯汐,绿眸被茶气笼罩着一层薄薄的水雾,依然掩盖不住他那温柔恬静的笑容。

姚纯汐急忙摇头:"没……我没事。其实呢,我是想问一问,两百年前,我们决定用全部力量保护光影世界的平衡、保护所有族人的时候,有没有人反对呢?"

"没有。"

姚纯汐大惊:"啊?这不是很奇怪吗?"

"奇怪?为什么?"御堂浅笑了笑,摆出一副理所当然的姿态,"身为王者,保护自己的族人是应该的。族人支持我们的决定,说明族人内部团结,同时也从侧面反映出王的威望很高,这不是好事吗?"

姚纯汐突然无语了,抽了抽嘴角,尴尬地盯着御堂浅。

拜托,这显然不正常好不好?也许,在光影世界中,因个人身份、地位、等级的高低而代表着不同的权利,譬如:王高高在上,享受着族人的拥戴和崇拜。但是,王做出的决定,大家就必须无条件服从吗?

对此,姚纯汐不敢苟同。

她虽然忘记了自己的过去,可她始终坚信,那个作为王的"姚纯汐",一定也有着与现在相同的信念。

"光王,你可能误会影王的意思了。"

御堂守看着姚纯汐一脸懵懂,有些哭笑不得。

"在光影世界中,王是绝对的权威,王的决定就是全族的决定。因此,王所做的每一件事也必然要经过深思熟虑,绝非轻易为之。两百年前,灾难突降,几乎令光影世界的平衡与稳定陷入崩溃,在那样紧急迫切

的情况下，王的决定就像军令一样，没有人敢去反对。"

姚纯汐怔住："是不敢，还是不想？"

"嗯，无力反对。"御堂守幽幽地叹气，琥珀色的眼眸暗淡几分，"为保护族人，为保护家园，光、影两王舍生忘死，族人怎么会不感动呢？只不过，在大义面前，任何劝阻和反对都显得太渺小了。当时，两位王坠入时空裂缝前，两族大祭司和你们的搭档都在场陪伴，劝说过、阻止过，结果……还是要尊重你们的决定。"

哦，原来如此。

姚纯汐似懂非懂地点点头，突然从御堂守的话语中，发现了另一件事。

"学长，我听御堂浅说，王族的觉醒有限制条件。那么，两百年前目送我们离开的几个人，是不是都知道这些条件呢？"

御堂守稍显犹豫，还是承认了："没错。"

"那……"姚纯汐欲言又止，伸出手指计算，"也就是说，我的力量没能觉醒，或许是那些人中的某一位破坏了让我觉醒的条件。我分别去试探下，应该……"

"纯汐！"

御堂浅轻轻开口，打断了她的话。

"这件事交给我吧，你不要去。"

"为什么？"

御堂浅皱了皱眉，绿眸深深望入她的眼底，担忧地说："你现在没有任何力量，甚至无法保护自己，我怎么能眼睁睁看着你去冒险呢？更何况，我心里已经有了怀疑的人选，所以……"

"砰！"

客厅的门突然被推开，一道纤瘦灵巧的身影冲了进来。

对方正是大家急切等待的连葵!

三双眼睛,同时望向连葵,无声无息。

这一刻,大厅里静得有些吓人。

"连葵,情况怎么样?"

御堂守急忙追问,直接从沙发上跳了起来。

连葵酷酷地挑眉,短发轻轻飘舞,自信满满地回答:"太好了!绿罗将破除结界的另一个方法打听到了。"

"好!太好了!"

御堂守激动地点头,一整晚紧绷的身体终于放松下来。

"连葵,辛苦了,坐吧。"

御堂浅依旧在品茶,默然一笑,向连葵抬手示意。

"谢谢王。"

连葵微微颔首,在姚纯汐的身边坐了下来,目光若有若无地掠过了她。

这是两百年后,光王姚纯汐与自己的影搭档连葵第二次见面。上一次,姚纯汐晕倒在御堂家的地下室里,甚至连自己怎样被救出、怎样回到家,都完全不知道。

回头想想,她还真是将自己最狼狈、最糟糕的一面,让连葵看到了,总觉得有些尴尬。

"呃……连……连葵,你好!"

姚纯汐笑了笑,带着一丝胆怯。

坦白说,作为光王的她,面对御堂守这个影族搭档的时候,完全没有任何顾忌。但连葵和绿罗不同,姚纯汐不但忘记了她们,好像还令她们心存不满呢。

据她所知，连葵和绿罗是两个性格几乎相反的女孩。连葵喜欢直来直往，爱恨分明，从不掩藏自己的真实情绪，且做事雷厉风行。而绿罗呢，更偏重于感性，内心柔软，委婉含蓄，往往会多些顾虑，很懂得为别人着想，非常善良。

不过……

直到现在，姚纯汐也没能与绿罗见面，只好拼命在空白的记忆里去填充。

连葵坐在姚纯汐身边，听着她突如其来的"问候"，不禁皱了皱眉，用那双淡紫色的瞳眸多盯了她几眼。

"幸好，这次你记住了我的名字。"

连葵还真是不给面子，话语里带着明显的讽刺。

姚纯汐微微一愣，自嘲般地苦笑几下，坚定地说："尽管我还没有恢复成你记忆中的那个光王，但我向你保证，日子不会远了。"

连葵没有立刻做出回应，而是抬头凝望着姚纯汐，白皙平静的面孔渐渐起了变化，唇角也慢慢地上扬几分。

"好！我等你！"

连葵说这句话的时候，眼底闪过了一抹浅笑。

有时候，王与搭档之间的默契，是不需要过多解释的。连葵已经等待了整整两百年，又怎么会在乎接下来更短的日子呢？而且，她比任何人都相信，光王姚纯汐肯定能找回原来的自己。

"连葵，说说你从绿罗那边得到的消息吧。"

御堂浅已经结束品茶，正身端坐，绿宝石般的眼眸若有所思地望着连葵，似乎产生了某些顾虑。

连葵如实相告："自从影王坠入时空裂缝，光影之门的结界就设下了。据说，那结界是依照影族古法，专门针对光、影两王的，需依靠光影双重力量才能打破。但绿罗从若道口中得知,那结界并非十全十美,每当月缺之夜,结界的力量就会降到最低。因为光影相依,光越强,影就越强,失去了依附,结界也会变弱,所以……"

"我明白了。"

御堂浅站起身,在家里的客厅缓缓踱步,水晶灯的光芒洒落在他的银发上,迸射出一缕缕胜过月华的光泽。

"以光影历计算,两天后,正是月缺之夜。换句话说,那时候光影之门的结界最弱,即使没有纯汐的力量辅助,我也有很大机会冲破结界,回到久别的家园。"

连葵点头:"没错!是这个意思。"

"可是……"御堂浅稍稍停顿,挑眉看向在场的每个人,"月缺之夜,其实算不上多么特别的日子。过去两百年,有无数个月缺之夜,若道是否有什么异常举动呢?"

"没有!"

连葵一直在光影世界生活,暗地里还会观察并调查可疑的人或事。

"那不是很奇怪吗?"御堂浅凝眸,目光意味深长,"太巧合了。刚好这次的'月缺之夜'处于我返回的最后期限,刚好纯汐没有恢复力量,刚好若道又泄露了结界的另一个破除之法,这些……就像早已安排好的。"

什……什么?

御堂浅的话,如同重磅炸弹一般,在每个人的心湖炸开了无数水花。

御堂守率先点头附和:"也许,这是若道的圈套。"

"不会吧?绿罗几乎冒着生命危险,才……"连葵没有说下去,而是转移了话题,"这些都是我们的猜测,没有证据支撑。过去两百年,若道没有在月缺之夜采取行动,那是因为他很清楚,王不会觉醒。而现在,我

第五章 圈套·将计就计

们也都知道，王会觉醒，才会千方百计保护我们的王。之前，我们也只是做了旁观者，又何尝打扰过王的生活呢？如此看来，若道的安排，并无不妥。绿罗说，他已经加派了人手，绿罗也在其中，到时候可以与王里应外合。"

"连葵，我从没质疑过你对王的忠心，只不过……"

"守！"连葵直接打断了御堂守的话，"难道，你不信绿罗吗？"

"当然信！"

"我也相信我的搭档们。"姚纯汐睁大双眸，毫不动摇地说，"如果有些危险，是王必须承担的，我和御堂浅就不应该逃避。我相信连葵，也相信绿罗，若真有什么问题，那只会出在若道身上。不管是不是圈套，我都愿意陪着御堂浅去冒这回险！"

姚纯汐知道，这三天的夜以继日，都是御堂守、连葵和绿罗在忙忙碌碌进行调查。无论结果怎样，他们的忠诚、信任和辛苦，是所有人有目共睹的，作为王，绝不能让信任自己的人感到心寒、感到失望。

"好！两天后，我会带着莫瑾、宿白一起去破除结界。"

御堂浅做出了自己的决定，但把姚纯汐排除在外，令她大吃一惊。

"为什么是莫瑾和宿白？我……"

"纯汐，你不能去。"御堂浅走到姚纯汐的身边，绿眸深深注视着她，里面仿佛衍生着一层层迷雾，有些难以捉摸，"你的王族力量还没觉醒，去了只会让我分心。所以，乖乖等我的消息。"

姚纯汐愤愤地瞪着御堂浅，几次想要开口反驳，却一个字都说不出来。

毕竟，御堂浅所言非虚，她连保护自己都很困难，跟着过去只能给伙伴们拖后腿。

随后，御堂浅又做了更详细的安排。

他让连葵通知绿罗，两天后里应外合。同时，在行动那日，连葵不必参与，负责保护姚纯汐。而御堂守，去帮忙寻找影王的最后一个光族搭档——玄尉。

对于这样的安排，大家心中都有困惑，但谁都没有质疑。

因为，此时此刻的御堂浅，就像全身散发着无限光彩的神祇，尊贵倨傲、高不可攀，彰显着十足的王者风范，令人不敢逼视。

外面，夜色更浓，月光尽褪。

一道中年身影靠在别墅窗边的墙壁上，轻轻推了推金丝边眼镜，面无表情地离开了。

光影交错之际，他现出了容貌：果然，他正是御堂家的家主——御堂七海。

其实，他今晚并没有外出，而是藏身在地下室，负责打探影王和光王的行动计划。

"七海，祭司大人又给了你一次机会，你要好自为之。"

"咱们的王，祭司大人自会应付。你只管留意光王即可！"

不久前，红罗来向他传达若道的命令，字字句句回荡在他的耳边。

看来，他也到了必须做决断的时刻了。

两天后。

夕阳落山，夜幕降临，日月交替之时，波澜悄然而起。

御堂浅带着莫瑾、宿白，打开时空裂缝，踏上了去往光影世界的通道。姚纯汐遵照御堂浅的安排，在连葵的护送下回家休息，继续寻找她失去的记忆。

但姚纯汐心里总觉得忐忑，感到坐立不安。

说实话，在这两天里，她仔细思考，也隐隐觉得这次行动可能是个圈套。而她最不明白的是，御堂浅已经在第一时间感觉到了异状，为什么还要顺从她的意愿答应下来呢？其实，如果御堂浅坚决反对，她会改变自己的决定的。

"连葵，你说……"

姚纯汐欲言又止，越想越担忧。

连葵站在窗边，望着外面黑漆漆的夜空，表情显得凝重而严肃。她慢慢转过身，将视线落在姚纯汐的身上，定定地注视着她，足足几秒钟之后，才缓缓开口。

"王，请不必担心。"

姚纯汐明显一怔，没想到连葵会看穿她的不安。

"连葵，谢谢你的安慰。"

"这不是安慰。"连葵轻轻挑眉，淡紫色的眼睛灿若星辰，闪烁着炫亮的光芒，"我一直相信，无论是您，还是影王，就算经历了两百年的停滞，王与生俱来的信念与觉悟，依然存在于两位心中，永远不会磨灭。所以，王的决定，我会全力支持。"

姚纯汐感激地笑了笑，转而问道："那么，如果王的决定是错误的，你……"

"也不会改变！"

连葵毫不犹豫地脱口而出。

闻言，姚纯汐的笑意加深，黑眸越发清澈明亮，心中也更加百感交集。

她一步步走到连葵面前，握住对方的手，认真而郑重地说道："连葵，请给我些时间，我一定会成为原来那个让你认可的——光王姚纯汐。"

"不必太勉强，现在的光王……也不错。"连葵坦言道。

姚纯汐望着连葵，突然心底一暖，喉咙一紧，竟有些想要流泪了。

"连葵，你能陪我去一趟御堂家吗？"

姚纯汐终归不太放心，还是想去看看。这时候，御堂守应该也在家里等消息，互相有个照应，反而会更好些。

连葵什么都没有追问，点头道："遵命！"

于是，姚纯汐带着自己的搭档连葵，趁着夜色，向御堂家赶去。但她怎么都没想到，在前方等待她的，不是欢呼雀跃，而是一去不返。

影王御堂浅和两个光族搭档莫瑾、宿白，一路沿着时空裂缝，来到了光影之门前。相隔两百年后，即将重新推开家园的大门，御堂浅的情绪着实有些复杂。

望着那扇厚重而熟悉的门，他轻轻皱起两道星眉，慢慢走了过去。

"影王，我们陪您……"

莫瑾刚刚开口，就被御堂浅抬手阻止了。

"不，你们在这里等我。"

御堂浅背对着莫瑾和宿白，没有再多说什么，而是微微扬起下巴，用那双绿宝石般的眼眸警觉地扫视着周围，不动声色地前行。

对于月缺之夜的结界破除方法，直到现在，御堂浅也抱持着质疑的态度。

他并不是不相信身边的同伴或搭档，而是觉得这件事太过巧合，存在太多蹊跷，更像是别人设定好的圈套，等待着他一头栽进去。

当然了，以他对若道的了解，如果今天的行动真是一个圈套，那背后安排的人，绝对不会是若道。

若道要想做些什么，会选择更直接的方式，不会遮遮掩掩、虚张声

第五章　圈套·将计就计

势。正因如此，御堂浅才决定将计就计，只身涉险，借此机会探明隐藏的真相。

夜空漆黑如墨，毫无光亮。

御堂浅挺身而立，深深呼吸，冰绿色的瞳眸因力量的集结而逐渐变色，最终变成了幽暗的绛绿色，迸射出凌厉如寒风般的光芒。

"唰——"

亮闪闪的光剑乍现，从御堂浅的手中飞出，直冲向气旋笼罩的光影之门！

第六章
周旋・声东击西

"唰唰唰——嚓嚓嚓——"

光剑灵活飞舞,光影纵横交错,划出一道道快如闪电的裂痕。

但是……

光影之门周围的结界,宛若轻盈无形的气团,将凌厉的光剑稳稳地挡了回来。

"咣——砰——"

光剑受到结界的反弹,飞回御堂浅的手中。

御堂浅稍稍凝眸,薄唇边漾起一抹浅笑:"果然。"正如他预料的那样,所谓的"月缺之夜'结界会减弱的说法,都是骗人的。

光影之门的结界,一直如此强大,并没有任何改变。

"影王!"

莫瑾察觉到情况有异,跑上来询问。

"这里的结界,好像……"

御堂浅轻轻打断她的话,一字一句地说:"结界自始至终都是这样,凭我们现在的力量是无法突破的。"

什……什么?

莫瑾一下子怔住了,身体有些僵滞,深海般的蓝眸中掠过一缕了然的光芒。

"影王,您……您早就知道了?"

御堂浅没有否认，而是淡淡地说："我也只是猜测。因为我了解我的影族祭司，他做事直来直往，不会兜圈子。越是安排得周密，越会让我起疑，反倒更像圈套了。"

"您明知是圈套，为什么还要来呢？"

这才是莫瑾心中最大的疑问，她不是害怕危险，只是充满好奇，想知道王的思虑与常人有什么不同。

御堂浅沉默几秒，突然扬起薄唇，静静地笑了。

他没有回答莫瑾的问题，但他那双深潭般的绿眸变得柔和起来，就像漂浮着花瓣的湖面一样，荡漾着芬芳的涟漪，令人琢磨不透又难以抗拒。

这时，宿白走上前，低声提醒了一句。

"小心！有情况！"

宿白虽然还没有恢复记忆，可他相信御堂浅讲述的一切。不仅仅因为他救过幻灵状态的御堂浅，更重要的是，他愿意承担起自己应负的责任。

顿时。

三个人纷纷抬头，提高了警惕。

光影世界大门的内部，隐隐传来了杂乱的脚步声。毫无疑问，那应该就是连葵向御堂浅汇报过的、被若道加派的守护人员。

"咯吱——咯吱——"

在结界气旋的萦绕下，光影之门缓缓打开了。

这样看上去，其实想进入那扇门一点儿也不困难。因为，所有的影族人都能从中通过，受不到任何阻挠。偏偏作为影族的王者，竟无法穿透那层如烟如雾的结界，硬生生被拦截在自己的家园之外。

"影王，小心！"

随着门缝的扩大，一只只奇形怪状、扭动不停的黑色怪物，成群结队地钻了出来。它们拖着软绵绵、黏糊糊的身体，吐着水答答的长舌头，瞪

着猩红色的小眼睛，直勾勾地盯着御堂浅、莫瑾和宿白，完全将他们当成了美味的猎物，恨不得一口吞下去。

"嗷呜……呜呜……嗷呜……"

"嗷嗷……呜呜……嗷呜……"

黑色怪物们兴奋地仰着头、扭动身体，发出一声声奇怪的吼叫，眼睛里的光芒也变得越来越亮，殷红如血。而它们嘴边的口水，脏兮兮的，吧嗒吧嗒流淌下来，让人看着一阵恶寒。

"咳咳……"莫瑾捂住自己的口鼻，嫌恶地说，"这些东西怎么越来越恶心了？两百年前，它们可不流口水，现在……咳咳……"

宿白忘记了过去，但对这些黑色怪物并不陌生。

"我见过它们。"

莫瑾愕然："你？什么时候？"

"第一次与影王相遇那晚。"宿白挠挠头，长话短说，"当时影王还是幻灵时，力量也没有完全恢复。我见他被这些黑色的东西纠缠，就上去帮忙解了围。不过，我真的不知道它们是什么。"

"它们是'邪恶暗影'的集合体。"

御堂浅不动声色，幽幽地给出了答案。

确实，在他找回记忆之前，他也只能称之为"黑色怪物"。如今，他身为影族王者，又怎么会分辨不出对方的真正形态呢？说起来，光影世界有正义也有邪恶。当影族人犯下重罪、做出邪恶之事，就会受到严厉的惩罚，被剥夺原形实体，变成黑乎乎一团暗影。尽管如此，它们依然拥有自己的思维，能够配合命令去行动。

上一次，御堂浅被这些东西袭击的时候，有人设置了影族结界，专门将他困住了。也就是说，光影世界中有人将"邪恶暗影"故意释放出来，让它继续为非作歹。本来呢，御堂浅怀疑幕后操纵者是若道身边的女孩

红罗，但仔细想想，没有若道的命令，红罗应该不敢擅自去接触"邪恶暗影"。

今天，亲眼所见的事实再次证明，若道才是罪魁祸首。

然而……

这，正是御堂浅最不愿认同、最不想接受的结果。

"嗷呜……嗷呜……"

就在御堂浅沉思之际，黑色怪物群已经先发制人，快速猛扑过来。

见状，莫瑾和宿白随即挺身上前，分立在御堂浅左右，与那些黑色暗影展开交锋。由于光影的依附关系，随着影王力量的恢复，光族搭档的力量也会得到提升。因此，莫瑾和宿白全身充满了干劲儿，一个快如闪电，一个力拨千斤，周旋在黑色暗影圈里，将那些东西打得落花流水，哀鸣阵阵。

"莫瑾，你的身手不错嘛！"

宿白笑了笑，忍不住伸出大拇指。

莫瑾怔住，忽闪着漂亮的蓝眸，稍稍有些脸红："呃……这个嘛……我已经两百年没活动过筋骨了，在雅丘学院读书的时候，跑个八百米都会累死累活的，连我自己也没想到还能保留原来的实力呢。嘻嘻，这感觉挺好。宿白你呀，也很厉害呢！"

"我？我反正就是有力气嘛！"

闻言，御堂浅走上前，赞赏道："你们都是我最信任的光族搭档，单人力量当然不会输给别人！而且，在你们三个人中，宿白本就是力量最强的一个。莫瑾嘛，更擅长用女孩子的方式战斗，至于玄尉……"

"影王，您的最后一个搭档叫玄尉？"宿白追问道。

御堂浅似有苦衷，轻轻点头："是的。玄尉并非力量型的光族搭档，他……他更像远离世俗的翩翩少年，做着自己该做的事，却仿佛永远是个

第六章　周旋·声东击西

旁观者。"

"反正我是看不懂他。"

莫瑾耸了耸肩，脸上闪过一抹苦笑。

宿白已经忘记了曾经的同伴，自然就更加好奇："那么，玄尉现在在哪里？他作为影王的搭档，应该也……"

"你们好悠闲呀！"

一个清脆的女声打断了宿白的话。

暗光浮动，纵横交错。

御堂浅、莫瑾、宿白同时抬起头，见到光影之门前站着一抹瘦小却不容忽视的身影。那可爱的娃娃脸、那漂亮的蓬蓬裙、那绚红如火的头发……除了红罗，还能有谁？

"看来，刚才的'开胃小菜'太简单了，是我的失误呀！"

听着这些挑衅的话，莫瑾的气不打一处来。

她作为影王的光族搭档，其实对影族人并不熟悉，只有在配合战斗的时候，才会偶尔见面。但红罗、绿罗这对双胞胎姐妹，她在两百年前已有耳闻。据说，两姐妹性格相反，绿罗外柔内刚，温婉可人；而红罗傲慢任性，像个长不大的孩子。也难怪绿罗能成为光王的影族搭档，红罗永远望尘莫及了。

莫瑾瞪着红罗，刚想开口回应，御堂浅竟抢先一步。

"红罗，你还是让若道出来吧。"

红罗微微一怔："现在祭司大人有些忙，没空接待各位，我先……"

"砰！"

御堂浅深深凝眸，手中不知何时飞出一团气旋，警告般地落在红罗脚边，轰然炸裂，扬起无数沙尘，吓得红罗脸色煞白，连连后退。

"红罗，别再让我说第二次！"

御堂浅早已敛退笑意，俊容冰冷，绿眸宛若覆盖着寒霜的幽湖，令人不敢逼视。

下一秒，未等红罗去通告，影族大祭司若道，已缓步从光影之门走了出来。而他的身后，还跟着被捆绑的绿罗。

"浅，欢迎你回家！"

若道张开双臂，似笑非笑。

绿罗拼命摇头，着急地大喊："王！王，请赶快离开！这是个圈套，不……"

"绿罗，别担心。"御堂浅望着绿罗，淡定自若，"圈套什么的，我并不在意。我今日前来，也不是为了破除光影之门的结界。自始至终，我来此的目的，只有一个！"

"打败我？"若道反问。

御堂浅挑眉，轻轻一笑："若道，你本就是我的影族祭司，你的力量我还不了解吗？打败你？对我而言，那没有任何成就感。"

"你……"若道板着脸，竟无言反驳。

御堂浅笑了笑，干脆开门见山："其实，我只想将绿罗带走。"

"你说什么？"

若道紧紧皱眉，金瞳赫然睁大，里面流转着凌厉而清冷的光芒。

带走绿罗？

不行！绝对不行！

望着若道那张铁青的俊脸，御堂浅不紧不慢地说："如果你真的在乎绿罗，就应该放她离开，而不是用这样的方法禁锢她。若道，你应该很清楚，想将一个人留在身边，强迫是没有用的。给绿罗自由吧！"

"浅，你也应该很清楚。"若道冷冷地勾唇，一字一句地提醒，"你

如果真是为了绿罗来此犯险，那你就必须为此付出相应的代价。光影之门的结界，你恐怕永远都破除不了，后果会怎样，你……"

"总会有办法的。"

御堂浅毫不慌乱，沉稳淡定地接下了若道的话。

"我想，你将我挡在光影世界之外，肯定有你的苦衷。若道，我了解你，你一直以来不懈追求的，绝非王位和权力。所以，就算我离开了影世界两百年，也不会相信你有推翻王族的动机。若道，告诉我，你千方百计阻止我回归，究竟是为了什么呢？"

默默地注视着御堂浅，若道的金色瞳眸暗淡下来，额前的紫色发丝轻轻飘舞，遮挡住了他眼中真正的情绪。

"浅，人是会变的。"

若道说出这句话的时候，更像是在自言自语。

御堂浅讪讪地摇头，没有再多问什么。他将视线从若道身上移开，望向了一脸担忧的绿罗，对她微微颔首，给了她一个安心的笑。

"莫瑾、宿白，绿罗就交给你们了。"

御堂浅转过身，一边发出命令，一边朝若道走去。

"影王放心！"

莫瑾答应下来，并向宿白使了个眼色。宿白心领神会，点头配合。随即，两个人也行动起来，直奔绿罗而去。

"喂！喂！你们是不是太小瞧我了？"

红罗突然纵身跃下，落在莫瑾和宿白面前，挡住了他们的去路。

"看清楚，你们的对手是我！"

莫瑾双臂交叉，抽了抽嘴角道："抱歉，我没兴趣与你交手。宿白，你来吧！"

"呃？"宿白微怔，盯了红罗几眼，尴尬地笑了笑，"这么可爱的小

姑娘，我会不忍心出手的。莫瑾，还是你……"

"咔咔——唰啦啦——"

一条长锁链从红罗手中疾速飞出，向莫瑾和宿白猛击过来。两个人急忙闪身，沿着长锁链的轨迹躲避，向后退去。

"哼！这就是你们小瞧我的下场！"

红罗瞪大喷火的双眼，得意扬扬地宣告。

莫瑾摆摆手，叹气道："哎呀，这么花哨的招式，是用来表演的吗？唉，我越来越没兴趣了。宿白，你赶快处理，我去救绿罗。"

"那……好吧。"宿白勉为其难地点点头。

见到这一幕，红罗更加火大，脸蛋憋得通红，身体都跟着颤抖起来。

"你们谁也别想走！"

长锁链再次出击，如同一条蜿蜒曲折的冰蛇。

"啪！"

宿白伸出手，一把抓住锁链，与红罗形成了僵持状态。

"小姑娘，既然你不让我小看你，那我就认真一些。"

莫瑾满意地笑了笑："宿白，我去忙喽。"

"好！"

眼看着莫瑾要离开，红罗情急之下扯动锁链，想去拦截莫瑾。不过，宿白的力量远在红罗之上，紧紧拉住锁链另一端，令红罗寸步难行。

"你……"红罗气得咬牙切齿。

宿白一脸无辜地耸了耸肩："小姑娘，抱歉了。我可不敢得罪莫瑾，她让我做的事，我必须完成。"

"哼！你一定会后悔的！"

红罗突然放开手中的锁链，以闪电般的速度冲到了宿白面前，发起了更猛烈的攻击。宿白有些哭笑不得，以退为进，与红罗周旋。

这边的交锋如火如荼，另一边的御堂浅和若道却恰恰相反。

站在光影之门前面，两个少年出奇地安静，互相注视着彼此，一动不动，仿佛周围的一切都与他们无关似的。

"若道，为什么不动手？"

御堂浅本想靠武力带走绿罗，但意外的是，若道似乎完全没有战斗的打算。这倒让御堂浅有些吃惊，不由得提高了警惕。

若道冷冷勾唇，沉声回应："因为没必要。"

"没必要？"御堂浅越发困惑了，"那么，我是否可以认为，你同意我带走绿罗呢？"

若道瞥了绿罗一眼，对御堂浅说："绿罗三番五次背叛我，本该被舍弃。倘若能够用绿罗换来光王，这次的圈套就更有价值了。"

什么？

御堂浅倏地睁大绿眸，如梦初醒般地呆住了。难道，从一开始，若道的目标……不，应该是天音的目标，就是光王姚纯汐？故意设下圈套，令他离开纯汐，又在这里装模作样地演戏、拖延时间、以绿罗为诱饵，牵绊住他，都是为了给天音创造机会带走纯汐？

糟糕！

声东击西，百密一疏，他还是上当了。

御堂浅紧紧皱眉，两道目光宛若来自湖底的寒冰，清冷如霜，令人畏惧。

"莫瑾、宿白，带着绿罗，马上回去！"

"是！"

宿白停止战斗，莫瑾搀扶着绿罗，聚拢在御堂浅身边。

御堂浅抬起手，以力量打开时空裂缝，示意伙伴们先行。他扭头看了看若道，脸色泛起罕见的苍白，其中的懊恼可见一斑。

"祭司大人，真的要放他们离开吗？"

红罗咬着嘴唇，困惑不解地询问，一脸的不甘心。

若道似笑非笑，眯起金瞳，胸有成竹地说："没关系，只是暂时的。过几天，情况就会彻底逆转。"

随着时空裂缝的关闭，若道那张千年不变的冰山脸，浮起了一抹释然的浅笑。可不知为什么，在他金色的瞳孔深处，竟堆积着浓得化不开的忧愁。

正如御堂浅猜测的那样，当他被若道拖延在光影世界的时候，姚纯汐已经不知不觉进入天音的埋伏圈，成了天音的囊中之物。

本来呢，姚纯汐是在连葵的陪伴下，去往御堂家等候消息。但途中，她又经历了与六岁那年相同的遭遇：一团团强烈的光芒从天而降，照亮了周围的一切，也刺痛了她的眼睛。然后，她就莫名其妙地与世隔绝了！

这一次，不仅仅是她自己，连葵也被包含其中。

金色的光芒，千丝万缕，暖洋洋的。姚纯汐不由自主地沉浸在其中，甚至忘记了外面的夜晚世界。

看着这样的姚纯汐，连葵心里既着急又不安。

"光王，我们必须想办法离开。"

姚纯汐有些舍不得，拉着连葵的手央求："我们留下来，好不好？其实，我也不知道这是什么地方，但我就是很喜欢。连葵，我告诉你，在我六岁那年，我来过这里，虽然只是很短暂的时间，可我心里就像被烙印下什么东西一样，很暖很暖。"

"光王，这里是结界！拜托您，赶快清醒过来！"

连葵放开姚纯汐，将双手搭在她的肩膀上，用力摇晃不停，想让她恢复正常。

第六章 周旋·声东击西

毫无疑问，进入结界后的姚纯汐，已经丧失了分辨能力。这也难怪，普通人在光、影两族编织的结界里，或多或少都会迷失方向。尽管姚纯汐是光族王者，可她的记忆和力量压根儿没有觉醒。

"连葵，我喜欢这里。"

"不行！我们必须离开！"

"为什么呢？这里很好呀！"

连葵幽幽地叹气，淡紫色的眼眸中溢满了无奈。她知道，现在不论对姚纯汐说什么都无济于事。与其浪费口舌，不如直接采取行动。

"王，请您跟着我，我一定会带您冲破结界！"

说完，连葵顾自抓住姚纯汐的手，紧紧拉着她，向前走去。

这是光族的结界，力量强大，一时半会儿很难找到突破口。但凭借连葵的实力，想冲破这样的结界，也只是时间问题罢了。但隐隐地，连葵心中涌起一股不祥的预感：设下结界的人，就在附近！而且，对方的力量……在她之上！

第七章
谋面·亦敌亦友

光芒闪烁，宛若碎金子一般，熠熠生辉，璀璨夺目。

周围静悄悄的，没有喧嚣的人群，也没有川流不息的车辆，只有阳光照耀下的鲜花，正在傲然绽放，空气里飘散着浓浓的花香。

这里是个世外桃源。

绿树成荫，青草遍地，鲜花盛开，五彩缤纷。

太阳洒落暖暖的光芒，将一切都染上了浅浅的金色。小鸟在空中振翅飞翔，叽叽喳喳唱着动听的歌；一只只蝴蝶环绕着花丛，翩翩起舞，美不胜收。

蓝天白云映照之下，一座童话中的城堡傲然耸立。

薄薄的迷雾笼罩着城堡，有些神秘莫测，又是那样令人神往。

"连葵！连葵，这是我梦中的地方！"

姚纯汐兴奋地睁大眼睛，望着似曾相识的周围，整个人变得神采奕奕。

没错！

六岁那年，她在一团强光的引导下，走入了这片美丽的梦境。

连葵无奈地叹了口气，拉着姚纯汐的手，一路穿过花丛，跑过草地，直奔高高耸立的城堡。通过仔细观察，连葵几乎百分之百确认，城堡所在的位置就是离开结界的出口。她必须尽快带着光王冲出结界，否则，光王会彻底迷失自己的。

"王！这些都是虚假的，是别人编织出来的东西！"

连葵根本没有时间多做解释，只是拼命拉着姚纯汐向城堡跑去。

她的心中，翻涌着一股强烈的不安。

在那城堡的尽头，肯定是结界的出口。但是，越靠近那里，危机感就越明显。身处结界之中，连葵比任何人都清楚，她和光王要想离开这里……绝非易事。

与连葵的焦虑相比，姚纯汐更像个获得了自由的孩子。

正如连葵担忧的那样，姚纯汐已经逐渐迷失了自己，沉浸在眼前的无限美梦之中，越陷越深，无法自拔。不管连葵说什么、做什么，她都完全不在意，琉璃般黑亮的瞳眸慢慢失去了焦距，变得茫然起来。

"王，您不能这样！"

"王！清醒一些呀！"

距离城堡越来越近，姚纯汐的状态也越来越失控。

连葵不得不停下脚步，双手捧住姚纯汐的脸庞，面对着她大声呼喊，希望能够让她尽快恢复意识。

然而……

在这个力量强大的结界里，一切都是徒劳。

"王！您快醒过来！醒过来！"

"您是光族的王，不是普通人！"

"王，您不属于这里，我们要离开！"

连葵急得快要发疯了，脸蛋儿涨得通红，原本帅气的发型也因沮丧而变得凌乱不堪，在微风的吹拂下凌乱飘舞。

怎么办？

她到底该怎么办？

连葵紧紧咬住嘴唇，深吸一口气，凝眸注视着姚纯汐，下定决心般地

抬起了右手。

"王,对不起。"

连葵想来想去,唯一行之有效的办法,就是打晕姚纯汐,带着她先离开结界。当然了,其实连葵自己也猜不出来,在结界的出口处是否埋藏着未知的险境。但不管怎样,只有离开结界,她和光王才能彻底摆脱危机。

望着连葵抬起的右手,姚纯汐竟毫不闪躲,忽闪着黑亮的双眸,莫名其妙地笑了。

为什么会这样?

连葵惊呆了,手悬在半空中,不由得颤抖起来。

她知道,自己不应该对王族做出这样冒犯的举动,心中本就充满了忐忑。此时此刻,看着姚纯汐那近乎诡异的笑容,连葵更加慌乱无措了。

她犹豫着,动摇着,手慢慢下降,心也越来越纠结。

可是……

她别无选择,她只能这样做!

"王,很抱歉,请原谅。"

话音落下,连葵瞄准姚纯汐的后颈,倏地闭起双眼,将右手用力劈了过去!谁知,预想中的一切并没有发生,连葵的手直接落空了,根本没有碰到姚纯汐。

怎么回事?

连葵猛地睁开眼,视线所及之处,竟空空荡荡,失去了姚纯汐的踪影。

"王!王,您在……"

连葵迅速转过身,却陡然一僵,当场愣住了:几米之遥的城堡门口,站着两个被强光笼罩的少年。他们仿佛已经与光融为一体,明亮耀眼,辉煌夺目,有些虚无缥缈,有些扑朔迷离,令人难以捉摸。

"你们是什么人?"

连葵回过神,赶忙跑上前,向两个少年质问。

随着距离的缩短,连葵的视线渐渐清晰,两个少年的容貌也映入了她的眼帘。

下一秒。

连葵猛地停住脚步,淡紫色的瞳眸紧紧凝缩,整个人如同石像般僵立在原地。

"你……你是光族大祭司,天音?"

作为光王的影族搭档,连葵对光族祭司天音并不陌生。她不仅见过天音,还在两百年前常常听光王说起他。

可惜,时光流逝,物是人非。

两百年前的天音,是光王心中最信任、最依赖的人。而今,光王不复,大祭司天音更是神秘莫测。据连葵两百年来的私下追查,光、影两族的大祭司天音和若道,他们身上存在着重重谜团,犹如隐藏在迷雾后面的万丈深渊,危险又可怕。

毫不否认地说,连葵最不想遇到的人,就是天音!

"连葵,多年不见。"

天音一步步向连葵走来,清秀俊逸的脸庞带着公式化的笑容,浅金色的头发与结界中的阳光融合在一起,显得更加绚烂刺眼。

连葵微微颔首,警惕地看着天音,本能地后退两步。

"我真没想到,设下结界的人是光族大祭司。"

天音轻轻挑眉,笑意加深:"我嘛,一向喜欢给人意外的惊喜。不必客气,好好享受就是了。"

"享受?"连葵抽了抽嘴角,毫不客气地回道,"天音大人送出的'享受',连葵只能退避三舍,不敢碰触。不知天音大人是否可以告诉

我，光王在哪里？"

"你问的是……纯汐？"

"没错！"

天音摆摆手，褐色的眼眸中掠过一抹精光，很快又消失了。他脸上的笑容如完美的面具一样，从始至终没有丝毫改变，浅金色的发丝随风而动，在他的额头洒落一道道整齐而狭长的暗影。

"连葵，我们来做个交易吧。"

连葵斜睨着天音，似笑非笑："什么交易？"

"我放你离开这里，你把纯汐留给我。"天音摊开手，直截了当地说，"我设下这个结界是为了纯汐，与你无关。所以，你若答应我的交易条件，我也不会让你难做。你能够全身而退，我则将纯汐留在身边，如此一来，正好两全其美。"

连葵哑然失笑，沉默半晌之后，冷哼一声。

"哼！似乎很不错，但我没兴趣。"

天音的脸色微变，可笑容依旧。他并没有生气或动怒，而是略显失望地耸了耸肩，向连葵摇了摇头。

"连葵，有时候，固执真不是什么好习惯。"

连葵冷冷一笑："没办法，我一直这样，改不了了。天音，你也别跟我兜圈子了，赶快告诉我，光王到底在哪里？"

"你自己弄丢了，却来追问我，不是很可笑吗？"

连葵紧紧皱眉，瞪着天音，无语反驳。

确实，光王的突然消失是她的疏忽造成的。天知道，她多么后悔自己那一瞬间的闭眼。但她相信，光王肯定没有离开结界，只是被天音或另一个少年掩藏住了气息，令她无法找到罢了。

说起来，站在天音后面的那个少年，连葵也隐隐有些眼熟。

他又是谁呢？

在连葵过去的调查中，没有任何迹象或线索显示，天音的身边有信得过的光族随从。一直以来，天音总是独来独往，做事低调且神秘，让人捉摸不透。而影族大祭司若道，正好与天音相反，不仅行事高调，出出入入还会带着影族的双胞胎姐妹绿罗和红罗。这样的两个大祭司，给人的感觉就像……就像光影的特点被颠倒似的，很奇特，也很微妙。

正当连葵思绪万千的时候，天音再次幽幽地开口了。

"连葵，我说过了，我的目标不是你，也不想伤害你。不如接受我的条件，赶快离开这里吧。"

连葵定定地望着天音，一边叹气一边笑道："祭司大人，你应该很清楚我的身份和我的职责。我不但要服从影王的命令，更要保护光王的安全，这是我哪怕失去生命，也必须去完成的事。"

"啪——啪——啪——"

天音赞许地点头，拍着双手，为连葵鼓掌。

"我想，纯汐有你这样忠心的搭档，会从心底里高兴的。只可惜，你的坚持在我这里没有任何意义，而纯汐也要从今天开始永远失去你了。"

连葵怔住，随即反问："祭司大人，你这是在威胁我吗？"

"当然没有！我呀，只是为你感到惋惜。"天音凝眸注视着连葵，脸上的笑容仍旧温暖如春，可那笑意冷冰冰的，根本没有到达他的眼底。

这一次，连葵没有回应，默默地握紧了双手。

在当今光、影两族族人中，能够微笑着用亲切的话语带给别人威胁感的，恐怕也只有天音了。

正因如此，连葵才更想避免与他正面交锋。

然而……

看现在的情况，这场结界内的战斗，应该是必须进行了。无论如何，

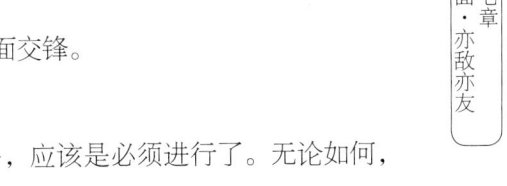

连葵都要将光王平安地带出去，这是她的使命，也是她的责任！

想到这些，连葵暗暗蓄积力量，已经提前做好了准备。

也许，天音刚才说的那些话并非危言耸听，以她现在的力量，未必是天音的对手。

但她足足等待了两百年，从未改变过自己的信念和坚持，只为重新站在光王身边，做那个值得光王骄傲的影族搭档。既然如此，就算付出生命的代价，她也无怨无悔！

想通了，想开了，连葵反而不再有顾虑了。

"天音，我知道光王就在这里。"

"那又怎样？"天音似笑非笑地问。

连葵毫不示弱地回答："我一定会将光王带走，你的如意算盘落空了。"

"哈哈哈——哈哈哈——"

天音仰头大笑起来，眸色缓缓加深，眼底迸射出一抹冷厉的光芒。

稍稍抬手，他薄唇轻启，对身后的少年说道："连葵是纯汐的影族搭档，与你的情况相当。所以，接下来看你了，玄尉。"

玄尉？

连葵倏地瞪大眼睛，望向了那个朝她走来的少年。难怪会觉得他眼熟，那是因为，玄尉是影王御堂浅的第三个光族搭档！

结界里静得有些吓人，所有的声音都消失了。

阳光越发明媚耀眼，金灿灿的。

连葵与玄尉相视而立，凝眸看着彼此，谁都没有出声。在连葵的印象中，玄尉是一个少言寡语的人，不喜欢争功、不喜欢表现，仿佛生活在他自己的世界里，其余一切都与他无关似的。当然了，作为影王的搭档，他还是非常尽职尽责的,该做的事从不拖沓,该完成的任务也力求尽善尽美。

说起来,玄尉算是影王的三个光族搭档中存在感最弱的一位,但即便如此,他那翩然脱俗的感觉又往往会让人觉得不可忽视。

没错!

玄尉就是这样一个若即若离、亦敌亦友的"世外高人"。

相隔两百年,连葵还是第一次见到玄尉,心中本应带着重逢的喜悦,此刻却变成了一股剑拔弩张的杀气。

哈,真是意外呢。

连葵怎么都没想到,两百年后,玄尉会以对手的身份站在她的面前。

"玄尉,我很好奇。你是光王的臣民,是影王的搭档,为什么要掉转方向,去帮助天音呢?"

玄尉一脸淡然,黑眸平静无波,一袭白如雪的战衣将他衬托得更加俊逸出尘,全身散发着道骨仙风的奕奕神采。

"连葵,我只做我认为正确的事。"

"正确的事?"连葵不屑地笑了笑,"怎么?利用结界绑架你们的王,就是你认为正确的事吗?玄尉,两百年不见,你居然变得会开玩笑了。"

玄尉轻轻挑眉,不置可否,沉默下来。

见状,连葵的急脾气反而压不住了,她恨不得一股脑儿把想说的话都说出来,偏偏玄尉正好是她最不擅长应付的类型,足以靠沉默将她逼疯。

"玄尉!"

连葵甩甩头,干脆开门见山。

"既然今天这一战不可避免,那我们也别浪费时间了。玄尉,出手吧!如果你赢了,我自认无能;如果你输了,请告诉我光王在哪里。"

第七章 谋面·亦敌亦友

出于意料地,玄尉根本没想隐瞒什么,淡淡地回道:"光王就在城堡里。"

什么?

连葵面露惊喜,望着玄尉笑了起来。

也许,她刚才误会玄尉了。玄尉并非天音的帮凶,而依然是她的同伴。那么,以她和玄尉二人之力,应该能够勉强战胜天音,带着光王离开结界吧?

不过……

这些只是连葵的美好幻想,玄尉随后的一句话瞬间击碎了一切。

"连葵,你是带不走光王的,还是先自保吧。"

"你……"连葵怒视玄尉,咬得牙齿咯咯响,"玄尉!经过两百年的时间,你是不是也失忆了?你现在的所作所为,是在助纣为虐!影王的力量已经觉醒,他千方百计寻找你,你为什么不回到影王身边,反而成了天音的……"

"连葵,你太武断了。孰对孰错,不是你我能够决定的。"玄尉凝眸回望着连葵,仍旧是一副波澜不惊的姿态,仿佛没有什么情绪会影响到他。

听着玄尉的话,连葵更加火冒三丈。

"玄尉,我理解你失忆后的胡言乱语。毕竟,光王直到现在也没有彻底觉醒,你忘记了过去,也算情有可原。但我要明确告诉你,你是……"

望着激动的连葵,玄尉再次开口打断了她。

"不,我没有失忆。我和你一样,牢记着之前的点点滴滴。因为,这两百年来,我像个旁观者一样,看着光影世界和光、影族人,自己却置身事外。"

连葵大惊,陡然怔住:"你……你说的是真的?那你怎么还……"

"正是看到了太多,我才会做出今天的选择。"

啊?这算什么?

连葵皱着眉心,越听越糊涂。

可她根本来不及多想,玄尉已经先发制人,来到了她的面前。咫尺之距,王族的光、影搭档展开了前所未有的力量交锋!

"砰砰砰——唰唰唰——"

光影撞击的瞬间,烟尘飞散,火花四射,结界里的花草洋洋洒洒,宛若一场美丽的点缀之雨,令周围变得更加梦幻多彩了。

然而……

再美丽的风景,也抵不过凛凛杀气。

连葵和玄尉之间的战斗,不仅仅是个人实力的较量,更是信念与使命的坚持!

"咣当——轰隆——"

"砰砰砰——咚咚咚——"

两个人的力量不相上下,光芒闪闪,暗影连连,针锋相对,毫不退让。但慢慢地,随着时间的推移,玄尉越战越勇,连葵却逐渐处于劣势了。

"连葵,放弃吧。"

玄尉靠近她,淡淡地劝说。

"不用你管!"连葵并不领情,冷哼道,"少来装朋友,我可不认识现在的你!今天我就是死在这里,也决不会放弃!"

玄尉稍稍迟疑,叹了口气:"你不是我的对手,知道为什么吗?王族的觉醒,会提升搭档的力量。我虽未在影王身边,可力量仍会被提升,你就算与光王寸步不离,她也无法给予你任何帮助。继续下去,你只会输得更惨。"

"那又怎样？"连葵毫不在意地笑了笑，"保护王族，我无怨无悔！输了，我也心甘情愿！倒是你，背叛王族、妥协天音，真的能够心安理得吗？"

玄尉罕见地皱了皱眉，刚想开口解释，一团强光突然从背后袭向连葵，令玄尉倏地睁大双眼，急切地喊出声来。

"小心！"

"砰——咚——"

猝不及防地，连葵遭到光团的猛烈冲击，身体一下子飞了出去，重重地撞在城堡外面的柱子上。

"呃……咳咳咳……"

连葵倒在地面，"噗"地吐出一口鲜血，沿着嘴角流淌下来。

"连葵！连葵，你怎么样？"

玄尉急忙跑过去，伸手扶起连葵。

连葵擦干嘴角的血渍，一把推开玄尉，抬眼瞪着那个被光芒笼罩的金发少年天音，冰冷而不屑地笑了笑。

"天音，你……咳咳……"

"连葵！"玄尉再次去扶连葵，眼中充满担忧。

这时，天音缓缓开口道："本来，我真的无意出手。这是我对玄尉的一个考验，因为他做得不够完美，我只能替他修正了。"

"天音，你的目的已经达到了，放连葵离开吧。"玄尉帮忙求情。

天音勾唇笑了笑，轻轻摇头："玄尉，你错了。事到如今，就算我愿意放了连葵，她也未必想走呢。与其给自己找麻烦，不如彻底了断吧！"

说完，天音迅速抬起手，将力量聚集在手心，形成一个灿若星辰的金色光团。毫不迟疑地，他反转手腕，将光团猛地抛向了连葵！

第八章
守护・各有坚持

"砰——"

光团轰然炸裂,火花飞溅,掀起滚滚沙尘,层层烟雾在城堡前翻卷升腾。

"咳咳咳……咳咳咳……"

连葵和玄尉的声音从迷雾之中传了出来。

倏地。

天音紧紧皱眉,再次聚集力量,望着还没有消散的迷雾,默默地抿唇微笑。他没有发动连续攻击,而是饶有兴趣地等待着,当尘雾逐渐消失、连葵和玄尉的身影清晰地呈现出来之后,天音唇边的笑意明显加深了。

"玄尉,你做得不错。"

天音当然是在说反话,若非玄尉刚才保护了连葵,连葵根本没有喘息的机会。

同样,玄尉又怎么会不明白天音的意思呢?他双手搀扶着连葵,抬头望向天音,目光一如既往地平静。

"还是那句话,我只做我认为正确的事。"

玄尉虽然接受了天音的命令,但他从没想过去伤害任何人。他留在天音身边,当然有他自己的理由,可那并不表示,他会是非不分。

其实,玄尉觉得,天音也不是一个胡作非为的人。

正所谓"人在江湖,身不由己",每个人看到的远方和未来是不同的，所以才会衍生出无穷无尽的纷争。也许，兜兜转转很久之后，最终殊途同归。

短暂的沉默过后，天音轻笑着叹了口气。

"玄尉，你应该清楚你的选择会带来什么后果。"

玄尉不动声色，淡淡地回道："我愿意承担。"

"好，那我成全你。"

玄尉没有出声，只是明了地点点头。

这时，连葵抬起手，愕然又困惑地抓住玄尉的胳膊，追问道："你的脑袋究竟在想些什么？玄尉，你舍弃了影王，选择了跟随天音，现在……你……你这是为了救我的缓兵之计吗？我告诉你，不需要！你不是天音的对手，你这样做也会有生命危险的！玄尉，我和你毫无关系，你不用管我！"

"连葵，两百年过去了，你怎么越来越吵了？"

玄尉无奈地笑了笑，上前几步，将连葵护在自己身后。

天音轻轻摇头，浅金色的发丝拂过他的额角，绽放着耀眼的光芒。这一次，他慢慢抬起手，凝眸看着玄尉，褐色的瞳眸中流转着深深的惋惜。

"玄尉，这不是我希望的结果。"

玄尉点头："我知道。"

"唉，是谁改变了它呢？"天音幽幽地叹气，仿佛在自言自语。

听到天音的话，玄尉突然沉默下来，淡定如月的面孔也泛起了细细的波澜。经过两百年的思考，玄尉以为自己看透了很多，但到了这一刻，他才赫然发现，进退两难是多么痛苦的境况。

那么，两百年前，天音被迫做出决定的时候，心里承受的煎熬又有谁能体会呢？

这一刻，玄尉是佩服天音的，也是同情天音的。

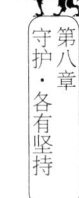

第八章 守护·各有坚持

在光王姚纯汐六岁那年，玄尉用自己的力量，协助过天音。如今回想起来，他也曾动摇过，但并不后悔。

至少在那个时候，他是支持天音的，甚至到了现在……他也期待着天音的完美计划能够成功。

只是，意外无处不在。

玄尉想亲眼见证的未来，真的会如天音描绘的那样吗？

想到这里，玄尉也默默地笑了。

他笑自己傻，笑自己疯狂，本来从两百年前就应该做个安静的旁观者，他却义无反顾地卷入了一场注定会发生的战斗。

金色的光团熠熠生辉，宛若闪电般刺啦作响，其中的力量越发强大。

玄尉不着痕迹地皱了皱眉，也快速凝聚自己的力量，准备抵挡天音的攻击。既然决定保护连葵，他就必须坚持到底！

当天音手中的光团即将飞出的时候，一道清秀的身影从城堡中跑了出来，毫不犹豫地挡在连葵和玄尉面前……

"天音，住手！"

不约而同地，天音、连葵、玄尉都怔住了。

光王姚纯汐？

她不是陷入结界的迷境被困在城堡里了吗？怎么会这么快找回理智跑出来呢？

"纯汐，你还好吧？"

天音暂时收回力量，试探般地询问。他可以冷酷地对待所有人，唯独对待光王姚纯汐是个例外。

自从成为她的大祭司，天音就在心里发誓，要永远忠于她、保护她。

可惜，有些事情他逃不过，她也逃不过。

姚纯汐张开双臂，护住连葵和玄尉，对天音说："你不要伤害他们，我会留下来，留在你的身边。"

听到这样的话，天音几乎立刻就能断定，姚纯汐已经摆脱了结界的影响。

在天音编织的结界里，没有力量的姚纯汐会迷失方向、丧失思考能力，如同陷入美梦中的行尸走肉一般……其实，他今晚本想用一个"公主梦"将姚纯汐带走而已，偏偏遇到了连葵的阻挠，他才会出此下策。

正如玄尉说的那样，他的目的——只想带走光王姚纯汐。

现在，光王尘封了两百年的记忆中，唯独有着与天音的全部过往，他也是姚纯汐唯一想起的人。

够了，这已经足够了。

"纯汐，跟我返回光影世界吧。"

天音敛退了力量，放弃了攻击，慢慢向姚纯汐走去。

姚纯汐望着天音，又转身看了看连葵和玄尉，深吸一口气道："好，我回去。"

即使失去了记忆，即使丢掉了力量，她依然是光族的王！保护族人、保护搭档，是王必须承担的责任。姚纯汐虽然不熟悉现在的天音，但她也不能眼睁睁看着连葵和玄尉在结界中丢了性命，如果她的妥协能够保护他们，那她一定会做！

"光王，您不能跟天音走！"

连葵挣扎着向前，想拉住姚纯汐。

姚纯汐笑了笑，黑亮的眼睛清澈如水："连葵，谢谢你对我的保护。现在，轮到我来保护你了。放心吧，我没事。"

"不！不！噗——咳咳……"连葵大喊，又吐出一口鲜血，整个人向下倒去，"我……我不会让您走的，就……就算死在这里，也……也要……保护光王……"

话没有说完，连葵已经昏迷过去。

"连葵！连葵！"

玄尉抱住连葵，眉头越皱越紧。

他望着姚纯汐，微微颔首道："王，我会护送连葵回去的，请您保重。"

"好。"

姚纯汐点点头，走向了天音。

在城堡里的时候，她的的确确迷失过自己。每个女孩心中都有幸福美好的向往，而天音的结界满足了她的愿望，让她流连忘返。

但是……

连葵的话从城堡外面传来，那熟悉的声音、那坚定的信念、那不顾一切的守护，全部钻入她的梦境里，让她感受到了超越所有美梦的温暖！

所以，她冲破迷境、战胜自己，找回了应有的理智。

连葵，谢谢你！

姚纯汐站在天音身边，示意他解除结界。意外的是，天音居然笑着摇了摇头。

"天音，你……"

"抱歉，纯汐。"天音挑眉望向城堡后方，淡淡地笑道，"已经有人来了，很快就能找到这里，我们再等一等。"

什么？有人在闯结界？

姚纯汐蓦然凝眸，惊愕地沿着天音的视线望了过去："会是谁呢？"难道，御堂浅破除了光影之门的结界，顺利返回了？

不过……

随着结界裂缝的出现，姚纯汐的期待也瞬间落空。

来人虽然并不陌生，但也非影王御堂浅，而是……御堂家的家主御堂七海！

御堂七海的到来，让在场的所有人都惊呆了。

他来做什么？

这是困扰在每个人心头的问题。

而且，除玄尉之外，姚纯汐、天音、连葵都很清楚御堂七海的身份——表面上他是御堂家的家主，其实是影族大祭司若道的人。难不成，是若道派他来探听消息的？

"七海见过光王、光族大祭司。"

御堂七海站在城堡前，隔着一段距离，向姚纯汐和天音行礼。

他的脸上没有太多表情，双眸又掩藏在金丝边眼镜后面，几乎遮挡住了全部情绪，让人越发琢磨不透他来这的用意和目的。

"御堂先生，您怎么会来这里？"

姚纯汐上次在御堂家出事后，就一直没见过御堂七海了。但她对御堂七海的戒备，只会多，不会少。虽然御堂七海以"父亲"的身份，陪了御堂浅两百年，可他始终是若道安排在御堂浅身边的棋子，敌友难辨。

御堂七海望着姚纯汐，恭敬地回道："我只是奉命带走连葵。"

"奉命？"天音眯起眼睛，似笑非笑地问，"奉谁的命？"

御堂七海不慌不忙地说："这个嘛，祭司大人应该清楚。"

天音盯着御堂七海，抿唇沉思。好吧，他承认，这次的所有行动都是他策划的。

无论是设下圈套、引开影王，还是编织出结界、带走光王，他都与若道商量过、确认过。但他并未得知，若道要派御堂七海过来，其中会不会出了什么差错？

天音的疑虑还没有消除，御堂七海又抛出一颗"重磅炸弹"。

"祭司大人，连葵怎么说也是我们影族人。对于她的处置，还是交给影族更合适，也免得日后让您为难。毕竟，光、影两族只是合作，而非合并呀！"

闻言，天音终于相信，御堂七海应该是在若道的命令下，来执行任务的。

且不说其他，御堂七海能够找到天音制造的结界，并靠自己的力量闯进来，已经不容小觑了。尽管御堂七海是若道的人，但天音仍隐隐觉得，御堂七海是个潜在的威胁，绝不像表面看上去那样简单。

"好！既然你奉命前来，连葵就交给你了。"

天音答应了御堂七海的要求，褐色的眼眸中闪过一缕寒光，很快又消失了。

"不行！"

御堂七海刚要靠近连葵，就遭到了玄尉和姚纯汐的双重反对。

玄尉没有开口，只是默默地看着御堂七海，似乎想要从他那与自己相似的平静表情中找到些什么。

"在这里，保护不了连葵。"

御堂七海回望着玄尉，用只有两个人能听到的声音告诉他。

玄尉怔住了，足足盯了御堂七海十多秒，才慢慢闪开身，将连葵交给了他。两个人擦肩而过的瞬间，玄尉淡淡地说："希望连葵平安。"

御堂七海背对着玄尉，也背对着天音和姚纯汐，因此所有人都错过了他脸上罕见的、毫无防备的笑容。

"放心。"

这是御堂七海留给玄尉的话，但玄尉知道，这是他要转达给光王的话。

"不！你不能带走连葵！"

姚纯汐大声呼喊，挣扎着跑向城堡，却被天音一把抱住，拦了下来，只能看着连葵离她越来越远，直至消失……

下一秒，姚纯汐的眼泪悄然滑落，心底也变得阴郁起来。她怨恨自己的无能、无用，那么想去保护连葵，可她……手无缚鸡之力，竟什么都做不到。

"纯汐，我们走。"

天音搂住她颤抖的肩膀，轻轻拍了几下。

姚纯汐猛地推开天音，用含着泪光的黑眸死死地瞪着他："天音！你告诉我，你到底想怎样？你想要王位，想做光族的王，是这样吗？那么，我和你返回光族之后，立刻就把王位送给你！这样一来，你满足了吗？"

"纯汐，你不要激动。"

天音试图上前，姚纯汐却又后退几步，刻意远离了他。

其实，这才是天音最不想看到的情景。

"纯汐，光、影两王是命运选定的，不是别人能够改变的。这句话，你曾经亲口说过的，难道忘记了吗？王位什么的，我没兴趣，我……"

但最终，天音也没能将他的真心话说出口。

幽幽地叹气，天音转过身，望着玄尉道："怎么没有一起离开？"

"我想，你还需要我。"玄尉的回答云淡风轻。

天音突然扬唇而笑，抬手抚上自己的额头，遮住了眼底那抹自嘲的情绪。

有时候，遇到一个能够看穿自己的人，也未必是件坏事。

玄尉之于他，或许就是这样的存在。

御堂七海带着连葵离开后，并没有去往光影世界，而是回到了御堂家。

事实上，若道没有命令他去救连葵，一切都是御堂七海自作主张。

现在，随着光、影两族王者的觉醒，光影世界的平衡很可能又会发生翻天覆地的变化。御堂七海蛰伏了整整两百年，也确实到了为自己做出决定的时刻了。

两百年来，他跟随着影族大祭司若道，或多或少探查到了一些秘密消息，包括御堂守和连葵一直在追查的两百年前的那场灾难。最初的时候，御堂七海也曾先入为主地认为，那场所谓的灾难，只是两族大祭司操纵的阴谋。但随着调查的深入，御堂七海发现了一个连他自己都难以置信的真相！

因此，他才会变得摇摆不定，犹豫不决。

然而……

他今天假传若道的命令，从天音的结界里救走连葵，已经相当于为自己做出了选择。

更何况，这件事隐瞒不了多久，若道和天音一旦碰面，他御堂七海就会变成两大祭司的眼中钉了。

那么，接下来，他必须和影王好好谈一谈了。

"砰——"

当御堂七海抱着昏迷的连葵走入御堂家大厅时，把正在焦急等待消息的御堂守，硬生生吓了一跳。

"父亲？连葵她……她怎么了？"

御堂七海将连葵放在沙发上，望着御堂守道："她受伤了，而且伤得很重，需要影王的力量协助。"

"影王？可是，连葵应该和光王在一起呀！"御堂守皱了皱眉，凝眸盯着御堂七海，"连葵受伤的事，与您有关？那么，光王呢？她在哪里？"

御堂七海推了推金丝边眼镜,自顾自坐下来,不着痕迹地叹了口气。

"守儿,这件事有些复杂,一时半会儿……"

"砰——"

御堂家的客厅门再次被推开,御堂浅带着莫瑾、宿白、绿罗匆忙地冲了进来。见到连葵的瞬间,御堂浅的双眸一下子变成了深深的墨绿色。

"连葵怎么了?为什么会在这里?"

御堂守轻轻摇头:"我也不清楚,父亲刚刚才带连葵回来。"

"父亲,这到底是怎么回事?"

看着连葵,御堂浅心中涌起一股不祥的预感。

当初,他感觉若道设下圈套的时候,专门安排连葵去保护姚纯汐,就是想防备某些无法预测的危险。结果,他还是百密一疏,没能让所有人安然无恙。

面对御堂浅的追问,御堂七海的表情逐渐变得凝重几分。他一五一十地将自己见到的全部讲了出来,但其中的内情,他还是做了些许保留,他有他自己的顾虑。

"什么?纯汐被天音抓走了?"

莫瑾是姚纯汐最好的朋友,一听到这个消息,当场就急坏了。

"这个……"御堂七海稍显犹豫,"其实,我闯入结界的时候,连葵已经昏迷,光王和天音站在一起,我也不太清楚究竟发生了什么,还是等连葵苏醒后,再详细询问吧。"

御堂浅点头,俊脸紧绷,有些冰冷。

"没错,当务之急是救醒连葵。天音带走纯汐,是不会伤害她的。这一切,都是天音和若道精心布置的,目标就是纯汐。"

"不,目标是你们两个!"御堂守眯起琥珀色的眼眸,解释道,"光王离开,留在天音身边,力量的觉醒恐怕更加遥遥无期。那么,影王冲破

光影之门结界，返回光影世界的计划，马上就会变成泡影。"

原来如此。

在这个一箭双雕的计划中，光、影两族大祭司完美地击溃了所有人的行动，不费吹灰之力便成了胜利的一方。

第九章
失踪・疑团涌现

在岌岌可危的生活中，偶尔出现风平浪静的日子，反而会让人更加不安。

这句话，很适合现在的影王御堂浅。

他用自己的力量救醒连葵，从连葵口中得知光王姚纯汐被天音带走的全过程，心中的担忧越发强烈起来。正如御堂守分析，在距离御堂浅彻底消失仅剩两天的关键时刻，姚纯汐突然离开御堂浅，无异于一场致命的打击。

然而……

自从姚纯汐被带走后，天音和若道就没有再采取任何行动，御堂浅及身边的人也恢复了以往宁静的生活。

御堂守、莫瑾、宿白按部就班去上学，绿罗留在御堂家照顾连葵，御堂浅则在御堂七海的建议下，用仅剩的最后两天，去寻找让自己返回光影世界的方法。

其实，到了这个时候，御堂浅已经看开一切、无惧生死了。只是他怎么都想不明白，若道费尽心力阻止他觉醒、阻止他回归，究竟为了什么。

王位、权力、称霸光影世界的野心？

如果这些真是若道的终极目标，那若道又何必苦苦等待两百年呢？他完全可以趁着御堂浅离开影族的大好时机，直接称王称霸，取而代之。

过去的两百年，御堂浅漂泊游荡，完全变成了与影族世界无关的人。

在此期间，若道尽职尽责，将一切管理得井井有条，给了族人们安居乐业的生活。也许，若道对族人们采取的手段有些强硬，但结果不错，族人们也没有对若道表达任何形式的不满。

这些资料，都是御堂浅在连葵的调查报告中看到的，内容真实可信，毫无虚假。

正因为如此，连葵才会默默隐忍两百年，想等到影王御堂浅觉醒后，再将她心中的疑问和顾虑和盘托出。

在报告的最后一页，连葵明确表达了自己的推测和意见：

这么久以来，我对光、影两族当年那场诡异的灾难，一直抱持着质疑的态度。王族为挽救众生而选择了自我牺牲，那从中获利最多的人，是谁呢？

毫无疑问，当然是两族中地位仅次于王的大祭司。所以，影族祭司若道，成了我心中的第一嫌疑人。

我亲眼看着若道以祭司的身份，代替王族管理一切，他做每件事都那么尽力，一次次在族人的怨愤中赢得更高的声誉。我糊涂了，不明白他到底在想什么。

漫长的一百年过去了，族人们渐渐遗忘了影王，唯若道马首是瞻。那么，他是真的想自己称王吗？

不，若道不但没有觊觎王位，反而常常在族人面前说起影王过去的英明领导，让族人时刻牢记着"前任影王"的存在。

我好像要改变自己对若道的看法了。

他虽然强硬、冷酷、淡漠无情，但他确实是个出色的大祭司，处处为族人着想，甚至背负了无数恶名。这样的人，真的会背叛王族吗？

我总觉得，若道背后隐藏着更深的秘密，可我能力所限，查不到更多了。经过两百年的追查，我只能说，若道不是表面看上去的那样的恶人，

第九章 失踪·疑团涌现

或许……他有着别人无法理解的苦衷。我愿意忠于王族，但莫名地佩服若道。

御堂浅微微合起双眸，脑海中不断浮现着连葵在报告中写下的最后一句话：我愿意忠于王族，但莫名地佩服若道。

佩服若道？

虽然有些不清不楚，但这应该就是连葵的心里话。

现在，连葵还在休养中，生命危险解除了，恢复力量仍需要一段时间。也许，当连葵完全康复的时候，御堂浅已经消失得无影无踪，再也没有机会与她探究这些疑团了。

坦白说，御堂浅也和连葵一样，不相信若道会背叛王族。

尽管当他找回记忆之后，每次和若道见面，彼此都会剑拔弩张、针锋相对。可在御堂浅的心目中，若道始终都是他最信任的影族同伴、优秀的大祭司。

御堂浅常常会无奈地自我催眠，摒弃若道说出的那些狠话，回想着更久之前两个少年的雄心壮志，立誓要创造影族辉煌未来的热血情景……

唉，从什么时候开始，一切渐渐变得偏离方向了呢？

一阵冷风掠过窗口，吹落了放在桌面的报告纸。

俯下身，御堂浅伸手去捡。

淡淡的光影纵横交错，洒落在纸面上，随风轻轻摇摆，变得支离破碎。

光和影，本是相依相附的存在，会不会也有分道扬镳的那一天呢？

"咚咚咚！"

敲门声打断了御堂浅的思绪，他捡起报告纸，转身望了过去。

"请进。"

门板缓缓被推开，一脸凝重神色的御堂七海走了进来。

御堂家的书房里。

阳光丝丝缕缕，闪耀着碎金子般的色彩。

暗影层层叠叠，交织成一幅杂乱的图画。

御堂浅和御堂七海相视而立，彼此深邃的目光中，蕴含着同样复杂难懂的情绪。

不得不说，御堂七海现在的身份，有些尴尬。一直以来，他扮演着影王御堂浅的父亲，实则担负着监视任务，在与王同行的两百年中，从事着大祭司若道分配给他的间谍活动。

现在回头想想，御堂七海自己都说不出心里是什么滋味。

原本，他只是一个普通的影族侍卫官，过着安逸自在的生活。但在两百年前的那场灾难中，他阴差阳错地成了英雄，并得到大祭司若道的赏识，安排他做了影王的守护者。

那时候，御堂七海是自豪的。

从普通的侍卫官变成王族的守护者，对他而言，确是无上的荣耀。可慢慢地，他察觉出了其中的异样，并且在两百年的历程中，渐渐改变了初衷。

于是，他也开始调查那场突如其来的灾难，以及藏在背后的真相。如果说，连葵的调查是源于一种信念和坚持，那么，御堂七海所做的一切，则是想揭开发生在他自己身上的"英雄巧合"。

果然。

经过漫长的岁月后，他的秘密调查有了大发现。

原来，两百年前发生在光影世界的那场灾难，既不是阴谋，也不是意外，而是必然！

任何人、任何事，都逃不过。

御堂七海深深地明白这个道理，所以，他想方设法要自己脱身离开。

但不管他怎样努力，仍然无路可退。

两百年来，他不断谋求的、追逐的又是什么呢？

答案很简单，只是最初那个平凡而真实的自己，不需要战战兢兢，也没有尔虞我诈，做一个普普通通的影族，过一生平平淡淡的日子，直到永远……

"父亲？父亲！"

御堂浅的呼唤声传入御堂七海的耳朵，令他迅速回过神来。

美好的愿望，在这一刻突然被打断，御堂七海无奈地抿唇笑了笑。他已经人到中年，居然还会像个孩子似的，去憧憬那些如梦似幻的东西，也真是无药可救了。

"王，以后您直接喊我的名字吧。"

"这……"御堂浅怔了怔，很快摇头道，"不必麻烦了。更何况，我这个王也只能再存在两天而已，还是称呼'父亲'更习惯。"

御堂七海赶忙行礼："称呼只是个代号，小问题。但王切勿说些丧气话，您肩负着整个影族的希望，不可……"

"父亲，您的安慰我收下了。"

"这不是安慰，是……"御堂七海望着御堂浅那双绿眸，欲言又止，"好吧，过不了多久，王自然会明白的，眼下最紧迫的，是另一件事。"

御堂浅轻轻挑眉："什么事？"

"光王失踪了！"

失踪？什么意思？

御堂浅一脸愕然，绿眸紧紧凝缩，定定地注视着御堂七海。银色的发丝随风轻舞，在他看似平静的脸上，洒下一道道整齐的剪影。

"父亲，您在开玩笑吗？"

御堂浅有些困惑，光王姚纯汐被光族祭司天音带走，这是众所周知的事实。御堂七海没必要向他汇报一个毫无价值的消息。

御堂七海推了推金丝边眼镜，再一次强调："不是光王'离开'我们，而是她彻彻底底'失踪'了！光王没有去光影世界，她失去了音信，失去了踪迹，谁也找不到她了。"

什……什么？

御堂浅大吃一惊，终于明白"失踪"两个字的含义了。

他原本以为，天音和若道联手设下圈套，是为了带走姚纯汐，并阻止他返回光影世界。

现在看来，他想得似乎太简单了。

难道，天音是想让纯汐永远消失？

这个念头冒出来的时候，御堂浅自己也被吓到了。

不！不！不能那样！

"父亲，您是从哪里得来的消息？可靠吗？"

御堂七海压低声音，一字一顿地说："保证可靠，是玄尉传递出来的。"

"玄尉？您见过他？"

御堂浅的眼底闪过一抹惊喜，玄尉是他的第三个光族搭档，也是值得信任的人。只不过御堂浅恢复力量后，找过玄尉很多次，都没有发现他的行踪。御堂浅甚至曾怀疑，玄尉会不会已经彻底消失了。

御堂七海点头道："是的，玄尉留在了光族大祭司天音的身边。"

"天音？"御堂浅猛地挑眉，难以置信地追问，"您是说，玄尉选择了跟随天音？您确定吗？"

御堂七海没有立刻回答，沉默几秒后，才缓缓开口道："我只是说出

第九章 失踪·疑团涌现

我见到的情景，其他无从得知。我带着连葵离开结界时，天音并没有阻止或限制玄尉的行动，但最终，玄尉还是留了下来。关于玄尉的事，王还是抽空去问问连葵吧。"

御堂七海的话，将他谨慎的个性表现得一览无余。

在过去的两百年间，他以御堂家主的身份，学会了应付各种各样的人，也学会了处理各种各样复杂的事，不间断地周旋在光影世界的夹缝中……久而久之，他忘记了自己原来的样子，也忘记了最真实、最单纯的快乐。

几不可闻地叹了口气，御堂七海自嘲般地讪讪一笑，将思绪拉了回来。

"王，玄尉留在天音身边，未尝是件坏事。且不管原因为何，玄尉应该没有改变他的信念。在结界里，玄尉拼命保护连葵，甚至与天音相抗，这是连葵在昏迷时仍然念叨的。相信过不了多久，玄尉会回来的。"

御堂浅赞成地点点头，凝眸而笑，洁白如雪的银发拂过他的额角，将他那张帅气的脸庞衬托得更加优雅俊逸。

"那么，玄尉现在在哪里？"

"光影世界。"

"天音呢？"

"也在光影世界。"

御堂浅微微一怔："既然天音回到了光影世界，他不可能放着纯汐不管不顾，纯汐怎么会莫名其妙失踪呢？"

"对此，玄尉也很好奇。"御堂七海低下头，沉思片刻，"玄尉应该很急切，他只是从御堂家一闪而过，将消息放入门口的信箱后，就离开了。由此推断，或者……玄尉也正在遵照天音的命令努力寻找光王的下落。"

闻言,御堂浅飞快地转了转眼珠,眸光越发清澈闪亮。

"这么说,纯汐的失踪不是天音安排的?那……那纯汐的失踪,会不会是她自己力量觉醒后的障眼法?"

御堂七海顿了顿:"有可能,但也只是猜测。"

"对!有可能!王族凭借自己的力量,想隐藏行踪,是能够做到的。"御堂浅面露欣喜,双手撑在书房的桌面上,绿宝石般的眼眸中流转着灿若星辰的光芒。

但愿纯汐找回了记忆和力量,更希望她一切平安。

望着御堂浅兴奋的模样,御堂七海稍稍有些担忧,提醒道:"王,不如您先用王族之间的感应能力,寻找一下光王的位置吧。如果光王真的觉醒了,守儿的力量也会随之恢复,晚些时候咱们就能确认了。"

没错!

御堂浅笑着答应下来,背对窗口的阳光,闭目凝神,蓄积自身的力量。

慢慢地,一缕缕银色烟气从他周围衍生出来,袅袅冉冉,层层环绕……

时间一分一秒过去,书房里静得出奇。

但是,当御堂浅睁开眼睛的时候,预想中的喜悦并没有出现,而他那张俊脸上竟溢满了错愕。

"怎么样?"

御堂七海淡淡地询问。

御堂浅轻轻摇头,说出四个字:"感应不到。"

"那……那光王她……"

"她的确……消失了。"御堂浅的声音很低很低,似乎非常不愿意开口,"本来王族之间的契约和感应,是一种很强大的联系,但我怎么都

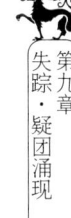

第九章 失踪·疑团涌现

找不到她。也许……也许，她真的遭遇了什么不测，而真真正正地消失了。"

消失？

失踪？

御堂七海皱了皱眉，眼底泛起一丝细细的涟漪。

玄尉传来消息，称光王失踪了。如今，影王又通过王族间的感应，推断光王消失了。

可是，失踪不等于消失呀！失踪，至少还有机会去寻找，倘若真的消失了，那光王……难道已经灰飞烟灭？

不，不可能！

御堂七海用力摇了摇头，甩掉了脑海中这个不切实际的、可怕的猜测。

尽管现在的光王和普通人没什么区别，但她与生俱来的王族力量始终存在于身体里，就算被尘封了两百年，也是不可替代的。

光影世界的王族，一直站在力量的巅峰，岂会轻易消失？

在御堂七海看来，光王姚纯汐和影王御堂浅，虽然一个力量还没有觉醒，一个生命被限定了时间，可若想让他们完完全全、彻彻底底从光影世界消失，仍旧属于天方夜谭。

关于影王的99天生命期限，是影族大祭司若道告诉御堂七海的。不过，御堂七海并没有真正去相信过，即使无法顺利返回光影世界，作为影王的御堂浅，也肯定会以全新的方式存在下去。

消失？

灰飞烟灭？

怎么可能？

但是……

光王姚纯汐的突然失踪,的确很蹊跷。

这其中到底发生了什么事呢?

当众人心急如焚地四处寻找姚纯汐的时候,她其实就在大家身边,根本没有远离。

那么,她在哪里呢?

为什么会毫无声息、杳无音信?

其中的过程,说来话长,但也算是个意外的巧合。

当姚纯汐跟着天音返回光族后,天音并没有将她带入王族居住的宫殿,而是为她重新编织了一个美丽宁静的结界。

这一次,在结界里,姚纯汐的意识很清醒。

隐隐地,她又想起了六岁那年发生的事故,以及给了她无限温暖的陌生的大哥哥。

可不知为什么,眼前的一切突然变得扭曲起来!

那种扭曲的感觉,就像巨大的旋涡在坠落一般,让人不知不觉产生了恍惚,莫名其妙地被深深吸引,心甘情愿地成为俘虏。

结果可想而知。

姚纯汐被卷入了那个诡异的旋涡,离开了天音设下的结界,失去了踪影。

周围一片漆黑,伸手不见五指。

最初的时候,姚纯汐有些害怕,但眼睛慢慢适应黑暗后,恐惧感就逐渐退去了。她找不到离开的出口,只能一味向前走。

不知过了多久,一个又一个光点闪现出来,宛若漫天繁星,绚烂多彩。

随着距离的一点点缩短,姚纯汐与那些"繁星"越来越靠近,也终于

第九章 失踪·疑团涌现

看清了繁星的真实面目：它们是一盏盏悬挂在半空的特殊灯笼，记录着光影世界发生过的所有事情。

失去了记忆的姚纯汐，本来对这些毫无印象，直到——

直到她自己的面孔出现在影像中，姚纯汐当场就惊呆了。

而她头脑中尘封的一切，也如同被敲碎的镜面一般，朝四面八方蔓延开去……

第十章
异界・扑朔迷离

头痛，剧烈的头痛。

眩晕，强烈的眩晕。

一盏盏闪光的灯笼，一个个真实的影像，犹如千万道锐利的冰刃一般，狠狠刺穿了姚纯汐的脑袋，令她紧紧抱住头部，失控般地惊呼起来。

"疼……好疼……这……这些是什么……"

姚纯汐疼得流出了眼泪，身体慢慢瘫倒下来。

但是，那些闪光的图像依然在有规律地旋转着，宛若吸引姚纯汐进入这个空间的旋涡一般，给人一种眼花缭乱的扭曲感。

她的视线仿佛被控制了，定定地停在某一点，连呼吸都变得孱弱几分。

透过含着眼泪的目光，姚纯汐不由自主地愣住了。呈现在她面前的，是一幅威风凛凛的王者影像！那个被众人拥戴的光王，不是别人，正是她自己！原来，她真的是光族之王。

慢慢地，头部的疼痛有些减轻，姚纯汐站起身来，颤抖着伸出手，去触摸一个个飘忽不定的影像灯笼。她看到了天音，看到了莫瑾，看到了宿白，看到了玄尉，也看到了……影王御堂浅。那时候的御堂浅，与她印象中的幻灵少年，存在着几分差异。

同样是俊美的容貌，同样是幽深的绿眸，只是多了王者风范，却让人产生一种敬而远之的畏惧感。如果能够选择，姚纯汐会更喜欢现在的御堂

浅，自由、随性、优雅，还带着一丝玩世不恭，亲切而幽默，会在被雨淋湿之后发个小烧、生个小病，会向身边的人示弱……可一旦重返王者之位，使命和责任就会变成全部，隐忍和克制就会变成日常，自己也终会慢慢改变。

轻轻抬起手，姚纯汐摸了摸图像里的御堂浅，露出一抹苦笑。

"御堂浅，你还好吗？

"对不起，直到现在我的力量也没有觉醒，该怎样帮助你重返光影世界呢？只剩下最后一天了，如果你的生命会彻底终结，我也会担负起自己的责任，义无反顾地随你而去。光影相依，你一旦消失，我应该也不会存在下去了。"

姚纯汐说出这些话的时候，完全是无意识的。她从没想过，在不久的将来，这一切竟变成了她和御堂浅逃不掉的结局。

"吱吱吱……吱吱吱……"

灯笼一个接一个转动起来，图像闪闪发光，灿若星辰。

看着眼前的情景，姚纯汐吓了一跳。她赶忙缩回手，向后退了几步，定睛注视着周围，观察灯笼的移动路线。这些灯笼真的很神奇，仿佛有自己的意识般，按照规律整齐地排列成行，分散在姚纯汐的左右两侧，就像路灯一样，慢慢照亮了整个空间。

对！是整个空间！

姚纯汐这时才看清楚，她所处的地方大概呈三角形，并非光、影两族的结界，也不是普通的现实空间，而是类似动画片中时空裂缝的地方。

"难道，我在天堂？不，在地狱？"

姚纯汐自言自语，声音幽幽地萦绕回荡。

"吱吱吱……吱吱吱……"

周围空荡荡一片，回答她的，只有灯笼的转动声。

姚纯汐想离开这里,可她仔细看了看,发现这个奇异的空间竟没有任何出入口。那么,她又是怎样卷进来的呢?

旋涡!是那个扭曲的旋涡!

姚纯汐发疯似的奔跑起来,在一盏盏灯笼的照耀下,不断向前。然而,不管她怎样跑来跑去,最终还是会回到原地。

怎么办?

她累得满头大汗,气喘吁吁,双手撑着膝盖,弯腰叹息。两侧的灯笼忽闪忽闪,光芒若隐若现,照耀在她的身上,汇成一道道清清冷冷的暗影。

"吱……吱……吱……"

莫名地,灯笼的转动放慢下来。

姚纯汐长叹一声,重新将视线落在灯笼表面的图像上。也许,看着这些影像,她的记忆会逐渐苏醒,她的力量会慢慢恢复,到时就能靠自己离开这里了。

又一张影像停在了她的面前。

画面很清晰,是笑靥如花的她和目光温柔的天音。姚纯汐看得出来,那时的天音如邻家哥哥般温暖,全心全意协助她、爱护她。其实,有关天音的全部记忆,姚纯汐都已经找了回来。

她一直想不明白的是,为什么自己忘却的记忆中,偏偏天音是个例外?两百年后,当她还在质疑自己的身份时,一见到天音,她和天音之间发生的所有过往,如同翻卷的潮水涌入了她的脑海……

难道,天音之于她,是最特别的存在?姚纯汐扪心自问,能够感觉到,她曾经非常信任和依赖天音,将他视为亲人一般。可经过两百年,那么温柔包容的天音,却变得越来越陌生。这是为什么呢?

"唉,人总会变的,我自己也一样。"

姚纯汐无奈地摇头，伸手拨弄着灯笼，看向另外的画面。

倏地，她睁大黑亮的眼眸，身体陡然僵硬，一动不动地怔住了！

天音和若道？

光、影两族的大祭司居然在两百年前的某天，偷偷密会筹划着什么。出于好奇，姚纯汐又看了看旁边的几张影像，互相连贯起来之后，竟完整地展现出了两百年前突发的那场灾难！

确实，那是一场灭顶之灾。

光、影两族的很多族人们，被卷入了血腥而疯狂的厮杀之中。看他们的样子，不仅仅受到了力量的驱使，更像失去了思想和理智，犹如被扭曲了心灵的野兽一般……

"好奇怪！"

姚纯汐托着下巴，皱眉凝思。

前后连接的影像显示，在灾难发生之前，天音和若道两位祭司之间的接触并不多。而自灾难降临之后，他们才突然变成了形影不离的合作伙伴。

"如果是这样，那场灾难的幕后操纵者，绝不会是他们。"

姚纯汐盯着一张张影像，给出了肯定的结论。

看来，她和御堂浅以及各自的光、影搭档，都误会了天音和若道。但为什么天音和若道要阻止两族王者的觉醒呢？

糟糕！

她好像越来越糊涂了。

甩了甩头，姚纯汐压下心中的困惑，幽幽地叹了口气。

在这个陌生而诡异的空间里，陪伴她的，只有这些古怪的灯笼和影像，她该何去何从呢？

她沿着灯笼发出的光芒缓缓踱步，像看绘本故事一样，记录着发光的

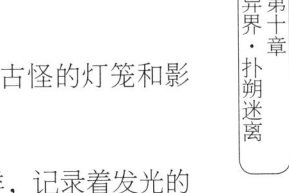

影像。光影世界发生过的所有事情，都被收存在灯笼的影像里。

"与其这样走马观花，我更想知道怎样离……"

姚纯汐的话戛然而止，整个人倏地凑到一张影像面前，惊喜地笑了。

"他？原来是他！"

影像中的情景，正是姚纯汐六岁那年进入的结界。

太阳暖暖的，散发着金色的光芒，空气里飘荡着茉莉花的香气。强光照耀之下，一个大哥哥走到她的面前，将手轻轻覆盖在她的发心……

六岁的时候，姚纯汐没有看清对方的容貌。而在这里，一切都变得清晰可见。那个大哥哥有着俊逸的脸庞，黑曜石般的眼眸，和淡雅如月的笑容，看着像一个不食人间烟火的世外高人。

没错！他就是御堂浅的光族搭档之一，玄尉！

最让姚纯汐惊讶的是，玄尉当时抬手在她的头顶，并非抚摸着她的发心，而是给她输入一股浅金色的气旋、一股无形的力量。

"砰——"

一朵烟花在姚纯汐的脑海中迸射，她的双眸越发灿亮起来。

"我知道了，是玄尉用他的力量阻止了我的觉醒！"

姚纯汐记得很清楚，御堂浅曾告诉过她，王的觉醒是需要时间和条件的。一旦条件不满足，觉醒就会被妨碍。如此看来，她六岁那年遭遇的事故，根本不是什么意外，而是玄尉精心安排的！

当姚纯汐独自在异空间寻找出路的时候，御堂浅也迎来了他的"最后一天"。

连续好几次，御堂浅开启王族间的感应能力，想锁定姚纯汐的位置。遗憾的是，结果都以失败而告终。

光王姚纯汐失踪了，就这样无声无息地不见了。

新的周末到来，大家全部聚在御堂家。

这本应是个欢乐的日子，可御堂家的大厅竟死气沉沉，一片灰暗。眼看着影王即将结束生命，光王又莫名其妙地失踪，简直就是祸不单行、雪上加霜。

"我要去找纯汐！"

御堂浅淡淡地开口，声音却是不容反驳的坚定。

"我陪您去！"

莫瑾第一个跟随，毫不犹豫。两百年前，姚纯汐是她的王；现在，姚纯汐是她最好的朋友，她怎么能袖手旁观呢？

闻言，御堂守皱了皱眉，将视线落在御堂浅的身上。

"浅，你准备去哪里找？"

坦白说，在场的每个人都想找到光王姚纯汐。问题是，姚纯汐失去了所有踪迹，该如何去寻找呢？

御堂浅脱口而出："我去找若道。"

"若道？"

"没错！"御堂浅深吸一口气，绿宝石般的眼眸中闪耀着志在必得的光芒，"纯汐被带走，是若道和天音共同策划的行动。那么，后续怎样安排，若道不可能不知晓。如果纯汐真有什么三长两短，若道和天音都要为此付出代价！"

"可是……"

御堂七海突然开口，又停了下来。

御堂守挑眉问道："父亲，您有什么看法？"

"我不是反对王的决定，只不过……"御堂七海推了推金丝边眼镜，郑重地分析道，"光王失踪的消息，是玄尉传递出来的。玄尉一直跟在光族祭司天音身边，若天音知道光王的下落，玄尉送来的消息应该是'光王

平安'，而不是'光王失踪'。由此可见，恐怕两族大祭司也未必了解光王的去向。"

御堂守点点头："嗯，有道理。浅，你还是……"

"不行！"御堂浅直接打断了哥哥的话，一字一句地说，"就算要迎接最糟糕的状况，也总比现在这样什么都不做来得好。而且，我总觉得，若道配合天音带走光王这件事，绝非表面看起来那样简单。若道曾是我最信任的人，哪怕经过了两百年，我也愿意相信，他仍然是原来的他。"

听到最后一句话，御堂守的脸色微微改变，琥珀色的瞳眸暗淡下来。与之相反的，御堂七海那双隐藏在镜片后的眼睛，却瞬间大放光彩，连紧闭的嘴角也不着痕迹地扬起一道浅浅的弧度。

看来，若道当初的选择没有错，影王御堂浅确实是个英明沉着的王者。

想着想着，御堂七海脸上的笑意加深了几分，他也在为自己做出正确的选择而倍感高兴。可王族的决定，往往会影响整个世界的未来，又有谁能够逃脱呢？这份沉甸甸的烦恼，跟随了若道和天音两百年，想必他们才是最痛苦的人。

幽幽地叹气，御堂七海又恢复了往日的常态。

如果每个人都能回到最初的自己，那该多好啊！然而，命运弄人，劫难丛生，谁都像无根的浮萍一样，在不断的选择和前进中起起伏伏，寻找着最后的归宿，却忘记了最初的起点。

"浅，如果你决定了，就去做吧。"

御堂守一向排斥光、影两族的大祭司，但光王的失踪又偏偏与他们有关，总归还是要去问问情况才行。

"那么，我也去。"

绿罗走上前，向御堂浅请求。

御堂浅没有出声,定定地看了绿罗几眼,点头默许了。这两百年间,绿罗被迫留在若道身边,算是最了解近年来若道性格的人。当然,绿罗也是若道很在乎的女孩,有她从旁协助,或许事情进展会更加顺利。

于是,御堂浅带着莫瑾、绿罗离开,穿过时空裂缝,再次去往影族。

光影之门的强大结界仍旧存在,御堂浅被拦在外面,依然无法进入。意外的是,当他和若道见面的时候,光族祭司天音也同时出现了。

三个人面面相觑,来意不言自明。

这一次,天音没有任何隐瞒,将姚纯汐突然失踪的来龙去脉说得清清楚楚。他本以为是姚纯汐恢复了王者之力,自行冲破结界,离开了光族。随后,天音立刻派玄尉带人查找,无论光族、影族,抑或其他地方,几乎翻遍了每个角落,也没有找到姚纯汐的踪影。

"天音,这都是你的错!"

御堂浅的心中憋着一把火,有些愤愤然。如果天音没有设计将姚纯汐带走,她就不会神不知鬼不觉地失踪,至今生死未卜、下落不明。

天音打量着御堂浅,似笑非笑地回道:"你这么着急找纯汐,是想让自己活下去吗?我记得,今天是你返回光影世界的最后期限了。其实,我劝你还是听听若道的建议,不要再想着回归影王的位置了。如果能像纯汐那样,忘记过去的一切,未尝不是好事呢。"

"天音!我的大祭司!"莫瑾忍不住了,着急地说,"现在不是纯汐的记忆问题,我们是要赶快找到她!我陪在纯汐身边这么多年,她就算忘记了一切,也永远是我最好的朋友。我不在乎她是不是光王,只想让她平平安安归来!"

天音笑着点头,褐色的瞳眸深深望入莫瑾的眼底。

"莫瑾,有你这些话,足够了。但很抱歉,我和你一样,也在努力寻找纯汐。我没有必要隐瞒你,因为我和你一样在乎纯汐。"

第十章 异界·扑朔迷离

莫瑾望着天音，欲言又止，嘴巴张张合合好几次，最终还是什么都没有说。她能够感觉到，尽管天音表面上笑意盈盈，但那只是一种伪装的平静，其实他心里的焦虑和担忧，比任何人都要急切。

"浅，你不是能用王族间的感应力，找到光王吗？"

若道挑了挑眉，向御堂浅提议，金瞳中流转着罕见的柔和。

这么久以来，若道好像是第一次心平气和地面对御堂浅呢。也许，因为御堂浅很快就会消失不见、永远离开光影世界，令若道有些心软、有些不舍吧。

御堂浅讪讪地摇头："试过无数次了，感应不到。我本以为，纯汐恢复了力量，借助王族之力隐藏了气息，但现在看来，并非那样。唉，她会去哪里呢？"

不约而同地，众人沉默下来，各有所思。

光影世界之中，能够藏身的地方，天音已经派人找遍了。如今，光王的力量尚未恢复，俨然就是个普通人，可她的踪迹、气息、感应……却仿佛全部被屏蔽一般，完全消失了。

隐藏？屏蔽？哦，明白了，原来是这样。

"我知道纯汐在哪里了。"

"我知道光王在哪里了。"

天音和若道，非常默契地异口同声，眼里都闪烁着信心十足的光芒。

第十一章
回归·王者降临

幽暗的异空间，寂静而清冷。

灯笼昏黄的光芒，若明若暗，闪烁不定。

不知过了多久，姚纯汐独自在陌生的异空间中，将灯笼记录的影像几乎看遍了，依然没有找回记忆，反而感到异常疲倦。原本空荡荡的头脑，渐渐被塞得满满的，却怎么都无法前后连接、融会贯通起来。

果然，解铃还须系铃人。

想要让记忆和力量完全觉醒，单凭姚纯汐自己的努力是不够的，更需要玄尉的帮忙。

可现在，姚纯汐被困在一个没有人气、没有出口，甚至……连光芒都可能随时会消失的地方，她又该怎样离开呢？

姚纯汐背靠着冰冷的墙壁，仰头望向那些转来转去的灯笼，眼前变得更加迷乱。

隐隐地，一阵凉薄刺骨的寒气席卷而来，让她不由得瑟缩几下，赶忙用双手揽住自己的肩膀，惊觉地朝四周看了看。

空荡荡的，黑漆漆的，什么都没有。

姚纯汐幽幽地叹气，眼眶渐渐湿润，心中涌起一股无奈的酸涩。她失去了记忆，失去了力量，这些并不重要，可她不想失去身边的朋友。如果她继续被困在这个诡异而奇怪的空间里，没办法离开，那……那她和御堂浅恐怕连最后一面都见不到了。这样的自己，怎么对得起曾经那么信任她的御堂浅呢?

越想越觉得难过,越想越觉得愧疚,姚纯汐慢慢瘫坐下来,抬手揉了揉自己的眼睛,含着眼泪绝望地苦笑起来……

突然,在三角空间的墙壁接缝处,又出现了那个神秘莫测的巨大旋涡。

姚纯汐倏地站起身,飞快地跑向旋涡,小心翼翼地伸手去碰触前方。当她的手指与旋涡刚刚靠近、相贴,旋涡就失控般地变得扭曲起来,仿佛内部有一股强大的力量,紧紧拉扯着姚纯汐,将她再一次卷了进去……

"啊——"

姚纯汐只感到眼前漆黑,身体轻飘飘的,沿着旋涡的轨迹不停转动。

天哪!

这次她又会去往哪里呢?

也许是几秒钟,也许是几分钟,抑或更久的时间,姚纯汐就像坠入深海浪涛中飘忽不定的浮萍一样,上上下下,起起伏伏,在无穷无尽的黑暗中转来转去。她的身体不受控制,她的脑海一片空白,好像连呼吸都不属于自己了……

"砰——咚——"

在姚纯汐快坚持不住、以为自己要迎来死亡的时候,她竟然离奇地摆脱了黑暗,整个人跌跌撞撞地被旋涡甩倒在冰冷的地面上。

"纯汐!纯汐?纯汐!"

"纯汐,真的是你?"

有人呼喊着她,声音那么熟悉,带着焦急,还有惊喜。

可是……

姚纯汐的脑袋乱糟糟的,耳畔嗡嗡作响,意识空荡荡的,整个人也变得呆滞几分。她本能地转过头,睁大茫然失措的双眼,怔怔地看着周围:

不再是无尽的黑暗，不再是转动的灯笼，不再是闪烁不定的影像……

发自内心地，她缓缓扬唇，轻轻笑了起来。

"纯汐？纯汐，你没事吧？"

"纯汐，你能看到我们吗？"

又是刚才那熟悉的声音，渐渐地由远及近，更加清晰地传入了姚纯汐的耳朵。

慢慢地，慢慢地，她的意识开始回归，目光变得越发澄澈，视线也从分散到集中，落在那三个围绕在她身边的少年身上。

咦？怎……怎么是……他们？

御堂浅、天音、若道，居然同时出现在她的眼前！这……这是怎么回事？难道，她现在又进入了新的梦境？

条件反射般地，姚纯汐警惕地看着他们，向后挪了挪。

"纯汐，你……"

御堂浅皱了皱眉，绿眸中浮现出明显的担忧，还交织着一丝吃惊。

这是怎么了？

从姚纯汐的反应来看，她……她好像在害怕似的。

天音也走上前去，主动向姚纯汐伸出手，温柔地注视着她说："纯汐，是我。你好好看看，能不能认出我呢？"

认出？

姚纯汐一怔，定定地望着天音，暗自腹诽："当然认得出！哼，你不就是故意和我作对的光族祭司天音吗？"

当然了，这些话姚纯汐并没有说出来。

她与天音四目相对，沉默不语，随后悄悄将视线移开，落在御堂浅和若道身上。尤其是若道，在姚纯汐的记忆中，她几乎与若道没有任何接触，之前在御堂守的画室里算是唯一的一次碰面吧？那么，若道怎么也在

这里呢?

姚纯汐心里的困惑越积越多,嘴巴微微开启,试图张口询问。可想来想去,她还是继续保持了沉默,准备静观其变。

"浅,光王的情况不太对。"若道淡淡地说。

姚纯汐转了转眼珠,在心里回应:"我很正常、很清醒,好不好?只不过,你们是真是假,我还没弄清楚,不能轻易上当了。"

至少,在那个遍布灯笼影像的异空间里,姚纯汐有了更深刻的认识:现实与幻境终归是不一样的,人不能永远活在幻境里,必须真实地活下去,而不是自欺欺人。

因为直到现在,姚纯汐也无法确定,她自己究竟身处何处;她目前的所见所闻,是一场被人编织出来的幻境,还是真真正正的现实。

"纯汐,我是御堂浅。"

银发少年俯身凝视着她,将温暖的手放在她的发心,轻柔地抚摸着,那双宛若深湖的墨绿色眼眸,清澈纯净,映出了姚纯汐自己的影像。

"纯汐,不要怕,我保护你。"

御堂浅的话如风一般,轻轻拂过姚纯汐的耳畔。

姚纯汐抬头看着他,感觉到从头顶传来的一阵阵暖流,渐渐放松下来。真实的!御堂浅是真实的!如果说,天音和若道出现在她的身边,会让她分辨不清敌我,但御堂浅是她自始至终最信任的朋友!

于是,姚纯汐慢慢伸出手,拉住了御堂浅的手腕。

御堂浅立刻面露惊喜:"纯汐?你认出我了?"

"我……"姚纯汐在御堂浅的搀扶下站起来,抱歉地笑了笑,"嗯,我认识你们每一个人。影王御堂浅,影族祭司若道,还有我的光族大祭司天音!"

当她被困在异空间里,她时刻面对的,只有那些不断旋转的灯笼影

第十一章 回归·王者降临

像。在那些影像里，无论御堂浅、若道，还是她自己和天音，都曾一次次占据着她的脑海，令她不得不去牢记下来。可是，那些数不清、看不尽的影像图片，就如同记忆的碎片一样，堆积在她的脑海中，怎么都无法连贯起来。

"纯汐，你没事吧？"

"真的没事，对不对？"

一向沉稳淡定的天音，略显急切地伸出双手，想要触碰姚纯汐的肩膀，却被她灵活快速地躲开了。

顿时，天音的脸色微微改变，哭笑不得地摇了摇头。

"天音，我答应你的事已经做到了，你别想再抓我回去。"

天音怔了怔，随即无奈地笑道："放心吧，纯汐。我从来没想过伤害你，只想让你永远留在光族，无忧无虑地生活。不管你是否相信，这确实是我的初衷，也许……过程和手段有些强硬，但结果……"

"天音，你做过的事情，我都看到了。你让我怎么相信？"

姚纯汐的记忆里有天音，也有他过去两百年甚至更久的过往，那一幕一幕与灯笼影像里的记录一模一样。

所以，姚纯汐愿意相信，她的光族祭司曾是个善良、正直、温柔、包容的同伴。

但是，她始终想不明白，为什么在两百年后、在她即将觉醒之际，天音会做出一系列让她难以理解、难以置信的事呢？

天音望着姚纯汐，耸了耸肩，又露出了惯有的面具式笑容。

好吧，好吧，反正早已做好了被怨恨的心理准备，任由它去吧。

不经意地，天音和若道的目光在半空中相遇，两个人心照不宣地望着彼此，眼底掠过的愁绪竟如出一辙，令人捉摸不透。

随后，在御堂浅的追问下，姚纯汐说出了她在异空间遇到的一切。

"异空间？"

御堂浅大吃一惊，他可从没听说过所谓的"异空间"。

见状，若道一脸平静地点点头："那是光、影两族彼此相邻的一块特殊区域，不属于任何族的管辖。在那里，无论多么强大的力量，都会化为乌有，彻底被屏蔽。而且……"

若道故意停顿下来，挑眉望了望天音，示意他接着说下去。

天音淡然一笑，补充道："而且，那片区域只有光、影两王能够进入。纯汐，你意外闯了进去，也算是一种奇妙的缘分吧。你失踪后，我们找遍了所有地方，都没有找到你的任何踪迹。最终，我和若道都觉得，你应该在里面，被屏蔽了所有的气息，连影王也感应不到你的存在。所以，我们就来到了这片区域的临界处，让影王用他的力量为你开启通道，将你从那里带出来。"

"哦？这么说，我……我是被你们一起救出来的？"

姚纯汐不禁有些愕然，黑亮纯净的双眸在三个美少年中间来回移动，观察着他们各自俊脸上的表情。

奇怪！

明明光、影大祭司与光、影两王之间的关系，就像冰火两重天一样，怎么现在又能好好地和平共处了？

然而……

姚纯汐的惊讶并没有引起多大反应，也没有人解答她的疑惑。但她就是能够莫名地感觉到，似乎有什么东西慢慢改变了。

姚纯汐的意外失踪，以安然无恙地回归的结局而告终。

不过，迫在眉睫的另一件事——御堂浅所剩无几的时间，成了众人心中最大的担忧。到了这时候，御堂浅自己反而轻松了，放开了，什么都不

在乎了。

寂静的夜晚，暗沉无光。

月亮躲入厚厚的云层，灰蒙蒙的雾霭迷离不清。

御堂家。

一道道身影站立在客厅中，围绕着影王御堂浅，谁都没有出声。

"好了，没关系，你们不要这么愁眉苦脸。"

御堂浅轻轻眨动绿宝石般的眼眸，望着聚集在他身边的同伴和朋友，脸上带着春风般柔和的笑容，没有一丝一毫的悲伤。

他已经想通了，如果这注定是他必须迎接的结局，那就勇敢地去接受吧。尽管逃避会比面对更加轻松，但很多时候，逃避根本解决不了问题。

"浅，对不起。"

御堂守拍着御堂浅的肩膀，抱歉地叹了口气。

御堂浅笑了笑："哥，你在说什么呢？"

"我太没用了，一直也没有找到帮助你的办法。"

御堂守作为哥哥，陪着御堂浅整整两百年，在最后的最后，竟然还要亲眼目睹他的消失，御堂守真是从心底里感到绝望又无助。

"王，请允许我马上回光影世界。"绿罗跪在御堂浅面前，向他恳求、行礼，"我去找大祭司，我要求若道，让他帮助你！王，请一定要等……"

"绿罗，谢谢你，但不必了。"

御堂浅俯下身，扶起绿罗，笑着向她点点头。

光影之门的强大结界，不是若道设下的，也不是若道能够解除的。那么，即使绿罗牺牲自己去恳求若道，最终也不会改变什么，又何必徒增绿罗的辛苦和烦恼呢？

"王，我不希望……"

"绿罗！"这一次，开口打断绿罗的人，不是御堂浅，而是刚刚重伤初愈的连葵，"我虽然不太清楚，两百年前的那场灾难带给光、影两族的负担有多重，但我一直坚信，我们的王是不可能轻易消失的。也许……"

连葵突然停了下来，双眸暗暗垂下，遮挡住了眼底的情绪。

"也许，王的'消失'代表着真正的'重生'。"

这是连葵经过两百年的不懈调查，在自己心中得出的结论。她没有说出口，因为没有把握，也没有证据，只是一种别样的期待吧。

"连葵，你是不是知道些……呃，就是……能让影王活下去的……"莫瑾嘟起嘴，骨碌碌转动眼珠，窘迫地红了脸，不知道怎样表达自己的意思了。

"办法！"

宿白言简意赅，接下莫瑾的话。

莫瑾连连点头："嗯嗯，大概就是这样。"

"抱歉，我……"

连葵一脸无奈，沮丧之情溢于言表，但她的话还没有说完，就被匆匆闯入的光王姚纯汐打断了。

"御堂浅，我帮你！"

姚纯汐站在大厅，尽管气喘吁吁，脸上却带着愉悦的笑容。她的身后，跟着御堂浅一直没有找到的最后一个光族搭档——玄尉。

"玄尉，你终于来了！"

莫瑾跑上前，嗔怪般地用手肘撞了撞玄尉。

玄尉淡然一笑："莫瑾，好久不见。宿白也是，别来无恙。"

"玄尉，你好！"

宿白主动伸出手，向玄尉表示友善。

尽管他的记忆仍是一潭死水。

听莫瑾讲了很多过去的经历，宿白都毫无条件地接受了，他相信总有一天，能够找回自己的记忆，成为光王的守护者和影王的好搭档。

御堂浅见到玄尉，稍稍有些吃惊，笑着询问他："玄尉，欢迎你回来。"

"影王，请您原谅。"玄尉始终保持着云淡风轻的态度，不紧不慢地说，"我是您的光族搭档，愿意配合您的力量、您的行动，保护光、影两族的和平稳定。但有些事，我也会有自己的选择，希望两位王能够理解和体谅。"

御堂浅明了地点头："放心吧，玄尉，我不会勉强你做任何事。当然了，过了今晚，以后你也不必再跟着我了。"

"影王切不可这样说。"玄尉规劝道。

姚纯汐实在看不惯"自暴自弃"的御堂浅，大步走上前，拉过玄尉，对御堂浅说："我不会让你消失的！他，玄尉，就是那个破坏了我力量觉醒条件的人！只要找出源头，我的记忆和力量都能恢复，御堂浅，你也一定能够重回光影世界！"

什……什么？

这……这是真的吗？

在场所有人都不约而同地惊呆了，将视线齐刷刷落在玄尉身上。

玄尉望着大家，目光沉静无波，淡淡的，像个旁观者，完全没有当事人的样子。

但他并没有否定姚纯汐的说法，还将自己具有封存别人记忆的力量这件事，毫无保留地和盘托出。

光王姚纯汐六岁那年，玄尉制造了结界，并在结界里使用力量，阻止了光王的觉醒。正因如此，当两百年期限到来的时候，姚纯汐的记忆才会空白一片。

"那还等什么？玄尉，你快解除你的力量呀！"

"时间很紧迫，不能再拖下去了。玄尉，快！"

"光、影两王能否顺利回归，寄托在玄尉身上了。"

大家着急地催促，议论纷纷，御堂家的大厅也变得热闹起来。

玄尉抿唇不答，黑曜石般的眼眸渐渐敛退光芒，几不可闻地叹了口气。

他既然陪着光王来到这里，就表示下定了决心，不会袖手旁观。

但他也不知道自己这样做究竟是对还是错。他认同天音、协助天音，本应该坚持到底。然而……他的心中也存在着一丝希望，愿自己这样做，是正确的，是能够改变现状的。

众目睽睽之下，玄尉成功解除了姚纯汐的记忆封锁。

与此同时。

姚纯汐在"光影世界空白区"看过的那些影像，犹如被什么东西快速串联起来似的，在她的脑海中交织成一幕幕真实的过往……

随着记忆的完整重组，属于光王的力量也彻底觉醒过来，姚纯汐终于找回了两百年前的那个自己。

没错！她是光王！

她要担负整个光族的未来，要保护光族所有人的安全，更要维持光影世界的平衡与稳定。

这是王的使命和责任！

"光王，欢迎归来。"

御堂守是第一个深刻感受到姚纯汐力量觉醒的人。因为，他是姚纯汐的影族搭档，曾经放弃的全部力量，在光王觉醒后，已经顺利恢复。

姚纯汐抬起下巴，扬唇轻笑，黑亮的眼眸越发灿烂多彩。

"玄尉，谢谢你。"

第十一章 回归·王者降临

玄尉没有出声，微微颔首，向姚纯汐行礼退后。

姚纯汐迈动脚步，走过身边每一个人，最终停在御堂浅的面前。

少年和少女，四目相对，如彼此第一次相遇时那样，百感交集。

"影王，我们走！"

少年凝眸，笑意加深："好。"

第十二章
混乱·再失平衡

两百年后，光、影两王重新觉醒，再次展现出了他们的强大力量。

在光王姚纯汐的帮助下，影王御堂浅成功冲破光影之门的结界，顺利重返影族。意外的是，一直阻止光、影两王的两大祭司，这次居然没有采取任何行动。

怎么回事？

难道，光、影两族的大祭司自知力量不及两大王者，主动选择了放弃？

困惑、疑虑、探究、戒备……互相交织，互相缠绕，反而更加深不可测，难以捉摸。

当两大王者回归之后，最大的不同就是，姚纯汐和御堂浅必须担负起王族的责任，无法再像从前那样亲密无间、形影不离，继续过普通人的生活了。

离别之际，两人面对面，彼此深情凝视。

两百年间，他们曾一次次擦肩而过，视对方如陌生人。但在最后的99天里，真真正正成了信任的同伴、诚挚的朋友，在彼此心中建立了深厚的感情。

"纯汐，真不舍得与你分开。"

御堂浅笑了笑，唇角弯弯，墨绿色的眼眸中带着明显的留恋。

姚纯汐也是同样复杂的笑容，有些苦涩，有些无奈，却又蕴含着喜悦。她扬起下巴，哽咽着说："御堂浅，我也很舍不得你。从咱们最初相识开始，我就已经知道，总有分开的那一刻，但真要面对的时候，居然……居然……"

姚纯汐别过头，眼眶红红的，泣不成声，说不下去了。

御堂浅走上前，张开双臂，轻轻拥住了她。

"纯汐，谢谢你一直陪在我的身边。其实，作为王者，我们本来就是互相依附又永远无法融合的特别存在。两百年，让我们能够以普通人的身份做朋友、做伙伴，每天在一起，自由自在地生活，对我而言已经是最珍贵的记忆了。"

"嗯嗯，我也是。"姚纯汐靠着御堂浅的肩膀，连连点头，泪水无声地滑落下来，"放心吧，我会做一个称职的王，会努力履行自己的责任，保护自己的族人，维护光影世界的平衡，让大家幸福快乐地生活。也许，我们以后很难再见面，但我会永远记得御堂浅，记得两百年前陪我共同坠入时空裂缝、不惜牺牲自己而保护世界的影王！"

御堂浅微微一怔，捧起姚纯汐的脸，温柔地为她拭去眼泪，谦虚地摇了摇头。

"纯汐，我只是做了我应该做的事。两百年前，你的选择亦然，因为我们是王，必须去保护我们的族人和我们生活的世界。纯汐，你后悔过吗？"

"没有！你呢？"姚纯汐反问。

御堂浅淡然而笑："也没有！再给我一次机会，我还是会做出同样的选择。"

听到这句话，含着眼泪的姚纯汐突然笑了。

王者，有着与生俱来的强大力量，也担负着无人能及的巨大的压力和责任。

这，就是光、影两王的使命。

两百年过去了，光、影王族放弃记忆和力量换来的，正是光影世界的和平稳定——人们过着安居乐业的生活，一片欣欣向荣，萦绕着欢声笑语，处处喜气洋洋……

够了，足够了。

姚纯汐和御堂浅相视一笑，给了彼此最后一个大大的拥抱，随即挥手而去。

"再见，御堂浅。"

"再见了，纯汐。"

当光、影两王各自转身，返回属于他们的族中时，他们万万没有想到，原本宁静祥和的一切，竟会在两位王者回归之后没多久，如同白蚁溃堤一般，渐渐走向了新的崩溃边缘。

姚纯汐和御堂浅，作为光、影两大王者，分别回到了各自生活的地方。

然而……

在王宫前迎接他们的，并非两族高高在上的大祭司。

令人困惑的是，两族大祭司天音和若道，就像突然间隐藏起来似的，不见了踪影。

天音和若道，曾经是光、影两王最信任的同伴、最得力的帮手，回想他们两个人之前的所作所为，姚纯汐和御堂浅心中的疑问有增无减，反而越积越多。

为什么天音和若道要阻止两大王者的觉醒？

为什么他们要义无反顾地背叛王族？

可如果他们一直觊觎王位，那么，在过去的两百年中，他们为什么没有把握最佳机会站在权力的巅峰?

一个又一个不解之谜,困扰着姚纯汐和御堂浅。

他们虽然不知道发生过什么事,但对天音和若道,他们有着一种相同的感觉:两大祭司的改变,就是从两百年前光影世界平衡被破坏的那场灾难开始的。也许,揭开那场灾难(阴谋)背后的真相,一切就会大白于天下了。

可现在的问题是,光、影王族回归后,两大祭司居然消失了!

他们究竟去了哪里?

躲藏?逃跑?抑或……伺机反攻?

不仅如此,天音的追随者玄尉,若道的忠实使者红罗,也跟着两个人一起不见了。绿罗心急如焚地寻找双胞胎妹妹,结果却毫无进展,没有任何收获。

于是,姚纯汐和御堂浅分别下达命令,让光、影族人寻找失踪的大祭司。

与此同时。

作为王者的他们,也开始担负起各自的职责,管理并维护光影世界的平衡稳定,保护族人安宁的生活。

在光影的互相交错中,日子一天天如流水般过去了。

姚纯汐一直以为,当她用光王的身份重新回归时,可能需要很长一段时间在族人面前树立王者的威信。

没想到,她错了,而且错得很离谱。

原来,在过去的两百年里,大祭司天音虽然掌管着光族的一切事务,权力等级几乎与王不相上下,但他始终恪尽职守,未曾僭越过丝毫。

坦白说,哪怕光王真的被易主,族人们应该也会愿意接受天音成为新的光王。

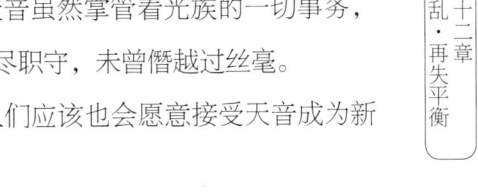

然而，天音没有那样做。

且无独有偶。

影族大祭司若道，也没有那样做。

正因如此，以光、影两王为首，包括他们的光、影搭档在内，大家都是一头雾水，难以猜透光、影祭司的真正目的。

天音和若道的下落不明，成了光、影两王解不开的心事。

但不管怎样，日子依然会继续，时间不等待任何人。

转眼间，一个月过去了。

光族王宫的花园里。

微风轻拂，阳光明媚，一株株鲜花傲然绽放，香气四溢。

姚纯汐不停地踱步，白皙美丽的脸颊带着浅浅的忧愁，一副若有所思的模样。

莫瑾跟在她的身后，时不时地扭过头，用眼角的余光观察着姚纯汐的表情变化。

刚刚，有紧急消息汇报，光族族人中间又出现了厮杀交战。而且，这样的混乱情况不止一处，就像星火燎原一样，正在迅速蔓延。

据说，在离去的两百年间，光族族人们虽然偶尔会有些小摩擦、小冲突、小矛盾，但从未出现过如此大规模的、类似力量失控的暴乱行为。

"王，您还好吧？"

莫瑾见姚纯汐的眉头越皱越紧，忍不住开口询问。

姚纯汐怔了一下，抬眸望着莫瑾，苦涩地笑了笑："别担心，我没事。不过……对于族人们突然爆发的力量厮杀，我……我觉得似曾相识。"

"呃？相识？"

莫瑾忽闪着幽蓝的眼睛，猛地愣住了。

"难道……难道您说的是……"

"没错。"姚纯汐心领神会，接下莫瑾的话，"莫瑾，你一定也记得吧？两百年前，光影世界发生的那场毁灭性的灾难，最初的表现就是，族人们的力量膨胀、失控，大家仿佛一下子变成了'力量的傀儡'，不但丧失了理智，还变得疯狂而恐怖，就像整个人被什么东西扭曲了一样。"

莫瑾沉默几秒，认同地点点头："是的，很诡异、很古怪。"

"直到现在，那场灾难背后的根源，也没有调查清楚。"姚纯汐幽幽地叹气，双手慢慢握成了拳头，"我这个王，实在太没用了。才刚刚回归，本想好好保护族人，让大家继续安宁平稳的生活，谁知……可怕的灾难，好像又要降临了。"

"王，您也不要太担心了，或许这次的状况与两百年前完全不同呢。"

姚纯汐轻轻摇头，黑眸暗淡几分："莫瑾，我有一种不祥的预感。这次发生在光族中的混乱，很可能比两百年前更严重、更惨烈。"

什……什么？

莫瑾惊呆了，直勾勾地注视着姚纯汐，好半天说不出一句话来。

如今，光王姚纯汐被封存的力量，彻底摆脱了束缚。

尽管没有任何实质性的证据，但王者的感应能力是远远超过所有族人的。如今，原有的力量不但得到了完全的觉醒，甚至……比以前更加强大也说不定呢。

那么，光王的预感会成为现实吗？

莫瑾当然希望那是一瞬间的错觉，更希望所有糟糕的情况只是推测。尤其是，得知消息后，光王马上派宿白带人去平息混乱，应该能够妥善解决问题的。

第十二章 混乱·再失平衡

"莫瑾，你能去一趟影族吗？"

姚纯汐仿佛突然想到了什么，抬手抓住了莫瑾的肩膀。

莫瑾急忙点头："当然可以。"

"好。"姚纯汐稍稍凝眸，一字一句地叮嘱道，"你去见影王，将光族发生的混乱状况告诉他，让他帮忙分析分析，这次的混乱与两百年前的那场灾难……"

姚纯汐的话还没有说完，已经有人匆匆忙忙跑来通报了。

"王！您的影族搭档连葵求见。"

连葵来了？

姚纯汐的心中"咯噔"一下，那股莫名的不祥预感更加强烈了，脸色也逐渐变得苍白几分。她挑眉望了望莫瑾，彼此四目相对，表情不约而同地凝重起来。

"莫瑾，去把连葵带到这里。"

"是。"

莫瑾领命而去，快步离开。

望着莫瑾逐渐消失的背影，姚纯汐的视线有些迷离，远处绚烂夺目的光芒似乎交叠在一起，零零散散，变幻莫测，虚无缥缈……

这是她熟悉的光影世界吗？

为什么？

为什么看起来好像整个世界都在变得扭曲呢？

姚纯汐百思不解，只觉得自己归来后，不仅没能实现保护族人的愿望，反而迎来了意想不到的危机。

那么，危机的根源在哪里？

会不会与两百年前的灾难有关呢？

太多的谜团环绕着她，姚纯汐感觉自己的脑袋快要炸开了，怎么都想不通。

这时,莫瑾的声音从背后传来,打断了她的思绪。

"王!连葵有急事汇报。"

连葵向姚纯汐行礼:"光王好!"

"连葵,见到你真好。"

多日不见,姚纯汐倒是很想念自己的影族搭档。

连葵还是那样独立洒脱,短发随风飘舞,目光坚毅冷厉,突显着她的精明干练。

"光王,我奉影王之命前来,向您汇报一件非常紧迫的事,请您一定听我把话讲完。"

姚纯汐笑着点头:"好,你说吧。"

连葵接下来的讲述,让姚纯汐心中最坏的预感变成了现实。

原来,不仅是光族,在影族同样发生了莫名其妙的混乱。

那些失控的光、影族人的状况几乎相同,依靠力量互相厮杀、互相掠夺、互相混战,且完全丧失了自主的意识,就像被什么东西控制和影响一样。

"连葵,你回去告诉御堂浅,这件事肯定不简单。"

连葵点点头:"嗯,影王也是这样说的。"

"那我们就想办法,先平息混乱,顺便调查一下背后的原因。"姚纯汐轻轻皱眉,盯着连葵道,"御堂浅怀没怀疑过,光、影两族的大祭司与这次的事情有关?"

这句话,姚纯汐犹豫了很久,才勉强问出口。

连葵稍显迟疑,最终还是回答了一个字:"有。"

现在,光、影两族的大祭司下落不明,没有任何音信,谁也不知道他们在哪里。

第十二章 混乱·再失平衡

而偏偏就在这个时期，光、影两族的族人中间发生了暴力事件，与两百年前那场突如其来的灾难几乎如出一辙。这样百年不遇的巧合，不得不令人将怀疑的目标指向两族大祭司，更何况，他们之前的行动，还表现出了与王族明显的对立。

"光王，您也……"

连葵欲言又止，观察着姚纯汐的反应。

姚纯汐无奈地叹气："我不愿意怀疑天音，但又不得不这样做。连葵，你怎么看？"

"我？"连葵怔了怔，讪笑着说，"我说什么都没有用，我怎么看的也不重要。现在维护光影世界的和平才是最重要的。不过，我个人觉得，若道不会做出伤害影族的事。我想，天音应该也不会做出伤害光族的事。"

莫瑾当即反驳："那可未必。两百年前，王族选择了自我牺牲，当时获益最大的，就是光、影两族的大祭司了。要我说呀，两百年前的灾难和今天的混乱，都与他们脱不了干系。"

莫瑾追随光王两百年，当然不可能像连葵那样，有足够的时间去调查当年发生的一切。

所以，莫瑾给出的结论，无非是她自己的猜测。

而连葵不同，她对若道探查得越多、了解得越多，就越看不懂若道的真正目的。但不管怎样，连葵始终觉得，若道是个称职的大祭司，天音亦然。

听完连葵的话，姚纯汐也陷入了沉思。

回想她和天音在一起的点点滴滴，姚纯汐只感到心里异常温暖。那个如邻家哥哥般一直照顾她、陪伴她、守护她的光族大祭司，就算曾经在她觉醒前做出过冷酷的举动，但她还是愿意相信，天音依然是原来的天音，从来没有改变过。

光、影两族大祭司的行踪追查，一直没有任何进展。而光影世界发生的混乱，却在持续不断地蔓延，毫无停止的迹象。

很快，更大的危机降临，眼看着光影世界又一次要失去平衡了。

没有任何征兆地，一场比两百年前的灾难更加严重、更加惨痛的危机，几乎席卷了整个光影世界。

族人们对力量的血腥追求，甚至达到了疯狂的程度，彼此之间互相厮杀、无止境地猛烈破坏，令光影世界原有的秩序快速崩塌，一切都变得扭曲起来。

这究竟是怎么回事？

难道，相隔两百年之后，光影世界的灾难又开始了新的震荡吗？

不过……

如此重大的灾难和危机，若非人为去操纵、去影响，怎么可能会周而复始地循环呢？

这是不合常理也不应该发生的事。

可想而知，经过两百年才刚刚觉醒的光、影两王，此时此刻是多么着急、多么担忧。

最重要的是，曾作为他们左膀右臂的两族大祭司，已经持续两三个月不见踪影。

难道……这次几近毁灭光影世界的大灾难，真是两大祭司在背后蓄谋已久的阴谋吗？

毫无疑问，光王姚纯汐和影王御堂浅，正面临着同样艰难的抉择。但他们始终不愿意相信，光族祭司天音和影族祭司若道的离奇失踪，是为了破坏光影世界固有的平衡，给族人们制造无限的混乱和痛苦……

第十二章 混乱·再失平衡

天音，你究竟在哪里？

若道，你又去了何处？

当姚纯汐和御堂浅重返光影世界三个月的时候，又如两百年前那样，光影世界的平衡与稳定突如其来地遭受了意外破坏，而且变得越来越难以控制。

那么，光、影两王要怎样才能平息这场新的灾难呢？

第十三章
解惑・追根究底

有些事，越是想要避免，越汹涌而来。

有些人，越是想要躲避，越冤家路窄。

现在，光王姚纯汐和影王御堂浅遭遇的状况，正是如此。

他们好不容易找回了两百年前的记忆，恢复了王的力量，但回过头才发现，那恰恰是他们最想遗忘、最不愿去面对的一段往事。

光影历两百年前，两族族人不知受到了什么影响，一个接一个失控，发疯般地破坏着原本平静的世界，彼此之间互相厮杀，就像变成了行尸走肉一般，毫无理智地、奋力摧毁着属于各自稳定的生活……

为什么呢？为什么当初族人要做出那样的事？

据说，光、影两王选择放弃自我、放弃力量，保护族人、保护光影世界，光、影两族的大祭司曾深入调查过那场灾难的根源。然而，最终仍旧一无所获、不了了之。因为，那些失去理智的族人们，根本说不出发生了什么事，他们就像做了一场奇怪的梦，梦醒之后什么都不记得了。

但随后的两百年，光影世界恢复了平静，再也没有任何崩溃的迹象。

渐渐地，渐渐地，在时光不断地流逝中，人们习惯了安宁，习惯了和平，也似乎忘记了曾经发生过的那场混乱与灾难。

没想到——

两百年后，光、影两王刚刚回归不久，过去的噩梦竟然又出现了！这究竟是怎么回事？为什么会变成这样？

这一次，光影世界的突然失衡，令觉醒不久的两大王者，不得不重新去探寻两百年前那场与现在极为雷同的灾难。

事出有妖，必存根源！

姚纯汐和御堂浅都相信，尽管相隔了两百年，但这两场灾难的背后，肯定存在某种密切的、不为人知的联系。

那么，他们又该从何查起呢？

即使一点点蛛丝马迹，也绝对不能放过，必须追根究底，把这个整整延续了两百年的谜团彻底揭开！

为此，光王姚纯汐和影王御堂浅，在分别三个月后，又见面了。

他们见面的地方，不是别处，正是御堂家。

自从两大王者重返光影世界，御堂家的家主御堂七海就算完成任务，真正自由了。但意外的是，他并没有回到光影世界，而是选择留下，继续做他的御堂家主。

不得不说，御堂七海的这个举动，出乎了很多人的意料。

两百年前，御堂七海是光影世界的一个影族侍卫官，更通俗地说，应该是个微不足道的存在。可就在灾难汹涌而来的那一天，他莫名其妙地发现，自己的力量突然间增强了。于是，在对抗那些疯狂的族人时，他一跃成了影族的英雄。

原本，御堂七海只觉得高兴，为自己感到幸运。

这么多年的生活中，他一直是个默默无闻的小角色，过着平静而无聊的日子。他不像大祭司若道那样，能够辅助影王，将整个影族打理得井井有条；也不像连葵和绿罗那样，拥有普通族人无可企及的力量，进而成为光王的重要搭档。他，御堂七海，只是个平凡得不能再平凡的影族侍卫官，做着守护影族宫殿的工作，如同挺立的雕像一般，日复一日地循环，直到自己死亡的那一刻……

不过，改变命运的机会，竟突如其来地降临了。

没错！他甚至还没弄清怎么回事，就变成了守护影族、守护王者的英雄。随后，影王选择自我牺牲，他也接受了大祭司若道委派的任务，成了被若道重用的心腹之人。

一切的一切，来得太快太突然，御堂七海差点儿迷失自己。

当他重新冷静下来的时候，赫然发现，自己的脑袋里竟空荡荡的，仿佛缺失了什么。他开始从头回忆，寻找其中的疑点，最后停留在光影世界那场诡异的灾难上。

他想知道，迫切地想知道，为什么灾难来临时，他自身的力量会莫名其妙得到提升？若没有那超越想象的强大力量，他是不可能成为影族英雄的。尤其是，灾难过去之后，他又恢复了原状，就像那股力量被悄悄地抽走了。

怎么会这样呢？实在太奇怪了！抱着探寻真相的决心，御堂七海偷偷对此展开了调查。经过两百年的努力，他的确有了重大发现，但那并不是一个令人愉悦的结果。

他犹豫了，彷徨了，不知道自己究竟该做出怎样的选择。

就这样，时间慢慢过去，两百年的期限转瞬即逝，光、影两大王者觉醒了！唉，结果还是什么都没能改变。

御堂七海收回思绪，站在御堂家的客厅里，凝眸注视着御堂浅和姚纯汐，几不可闻地叹了口气。

也许，是时候将灾难背后的真相，告诉光、影两王了。

分别三个月，姚纯汐和御堂浅重见彼此的时候，心情是有些复杂的。

作为王，他们肩负着两族的责任，不得不压抑各自的感情，甚至必须忍受无法见面的痛苦。正因如此，有机会在御堂家与对方相逢、相见、相谈，他们两个内心的激动可想而知。

只不过……

现在的姚纯汐和御堂浅，不再是普通的高中生了，而是真正站在光影之巅的王者。他们的每一次见面、每一次商谈、每一次决定，都关系着光影世界的平衡与发展，自然也就显得尤为重要。

默默地凝视彼此，姚纯汐和御堂浅谁都没有着急开口。

他们的脸上没有太多表情，但眼底的目光充满了希望和期待。其实，王也是人，也是普通的光人影人，也许一个王的力量有限，可如果他们两个联合起来，或者……光影世界发生的新灾难，就能够解决了。

"两位王，现在的情况……"

许久之后，御堂七海率先打破了沉寂，却欲言又止。

姚纯汐和御堂浅同时转过头，将视线落在御堂七海的身上。隐隐地，他们发现御堂七海那双藏在镜片后面的眼睛有些闪躲，亦有些迟疑。

"父亲，您一直留在这里，是不是发现了什么？"

御堂浅稍稍皱眉，若有所思地询问。

御堂七海怔了怔，赶忙行礼道："王，请不要再这样称呼我了，我承受不起，直接叫我的名字吧。"

面对御堂七海的请求，御堂浅略显为难，但还是点了点头。

唉，有些时候，王也是很无奈的。

"说说吧，光影世界的失衡会产生什么变化？"

"是。"御堂七海遵照命令，一字一句地回应，"暂时，光、影族人还算安全，可裂缝已经在慢慢显现，只是族人很难察觉。其实，两百年前那场灾难，也是这样一个循序渐进的过程，并非突然席卷而来。"

什么？循序渐进？

不约而同地，御堂浅和姚纯汐凝望着彼此，硬生生愣住了。

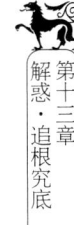

"御堂先生，您的意思是……"

姚纯汐试探般地询问，黑眸里流转着质疑的目光。

坦白说，这还是第一次，有人在王的面前毫无避忌地直言相告，陈述着一种颠覆了原有认知的理论。

御堂七海本就在心里做了决定，将他两百年来调查、收集到的信息，向光影世界的两大王者和盘托出。尽管他也不清楚这样做是对是错，但若像大祭司那样继续隐瞒下去、不揭开真正的根源，恐怕光影世界的崩溃真的会无法阻止了。

"两位王，正所谓'事必有因，因必有果'。无论是灾难、疾病、混乱，还是幸福、安宁、平静，这些呈现出来的结果，都有着它们产生或存在的源头。而那源头，可能是某个人、某件事、某个点……有时候，就算我们心知肚明，就算我们想尽办法，也什么都改变不了。"

听着御堂七海的话，姚纯汐和御堂浅有些动容，慢慢改变了脸色。

源头？

没错，只有找到灾难产生的根源，才能彻底解决光、影两族面临的问题。

但是……

灾难的根源，究竟在哪里？又是什么呢？

姚纯汐和御堂浅移开视线，望着彼此，陷入沉思之中……据他们所了解，在过去的两百年间，光影世界一直处于和平稳定时期，没有任何反常的危机。换句话说，在这两百年中，在光、影两族大祭司的管理下，光影世界的发展是井然有序的，并未出现难以控制的混乱。

那么，为何两百年后的今日，光影世界的秩序会轰然崩塌呢？

不，不！

若真如御堂七海所说，一切的发生并非偶然、并非突如其来，那其

中必会存在着一些被忽略的蛛丝马迹。两百年前的灾难和现在的这场混乱，有着太多相似之处，或许就是过去的延续，只不过中途被间隔了两百年……

难道，引发所有灾难的根源，就埋藏在过去的两百年中？

此时此刻。

御堂浅被自己脑袋里冒出的这个另类念头惊呆了，他不知道姚纯汐会怎样推测、怎样判断，至少一种崭新的思路令他茅塞顿开，仿佛能够逐渐剥掉那重重迷雾了。

"纯汐，父亲……哦，不，七海刚才说的'根源'，应该在两百年前就出现了。"御堂浅虽然不敢肯定，但他那双绿宝石般的眼眸中，竟流转着坚定的光芒。

闻言，姚纯汐轻挑眉心，表情稍稍凝重了几分。

站在旁边的御堂七海，抬手推了推金丝边眼镜，意味深长地笑了笑："看来，影王似乎开始有所察觉了。"

沉默半晌，姚纯汐迈动脚步，走到御堂浅身边，深深注视着他。

"御堂浅，你是说……现在光影世界发生的灾难，其实是两百年前那场灾难的……后续？"

御堂浅幽幽地叹气："嗯，我觉得是这样。不过，即使我猜错了，这两场灾难与混乱之间也肯定存在着共同的根源。"

根源？又是根源！

姚纯汐紧紧抿唇，有些哭笑不得，又带着莫名的无奈。

她当然知道，抓住根源才是解决所有问题的关键，但那虚无缥缈的根源究竟是什么呢？若只凭推测、只凭猜想，这里面的不确定因素实在太多了，恐怕等到光影世界真正崩溃的时候，也未必能够找出所谓的根源。

"御堂浅，我不是不相信你，只是……"

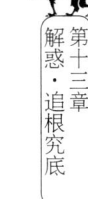

第十三章 解惑·追根究底

"我明白。"御堂浅轻声打断姚纯汐的话,唇边漾起温柔的笑容,"纯汐,你不要太紧张了,咱们慢慢想办法。其实,我刚才的设想呢,无非是一个方向、一个思路。过去的两百年间,可能有什么悄然改变了,从而影响到了光影世界。又或者,有什么被中断了两百年,直到两百年后重新影响了光影世界。"

姚纯汐倏地睁大眼睛,眸光闪闪发亮,一副恍然大悟的样子。

"御堂浅,我好像懂了。"

"好像?"御堂浅一边反问,一边挫败般地笑了笑。

在彼此分别的三个月里,御堂浅常常会想起姚纯汐。

尽管两百年前,同样身为王者的他们,并没有太多接触,也算不上多么熟悉,但他们有着共同的信念和坚持,最终为光影世界的和平放弃自我,选择了守护。

在这两百年中,御堂浅和姚纯汐一次次形同陌路、擦身而过。幸运的是,在他们彻底觉醒之前,彼此终于完成了"浅汐之约",还共同相知相处了99天。

正是那最后99天,御堂浅和姚纯汐成了最好的朋友、最佳的搭档,互相理解,互相扶持,互相帮助,互相照顾……建立了深厚的友谊和感情,哪怕在面对生死的那一刻,两个人的心都是紧紧相连的。

但身为王的责任和使命,最终还是让他们不得不分开。

在各自的世界里,他们履行着王族的职责,保护着光、影两族的族人,有时甚至会被种种压力压得喘不过气。每每那个时刻,御堂浅就会特别想念姚纯汐,渴望回到那段两个人轻松相处的日子……

其实,姚纯汐亦然。

尽管找回了记忆,尽管明白王的使命,可很多次,姚纯汐还是忍不住想去影族见上御堂浅一面。难道,当他们两个人回归到原来的位置,彼此就要永远分隔在两族,再也无法相见了?

姚纯汐最怀念有御堂浅相伴的那段日子,就算对方是个触摸不到的幻灵,但只要他陪在自己身边,姚纯汐就会觉得安心。

如今,分别三个月后,他们终于又见面了。

只不过……

重逢的姚纯汐和御堂浅,迎来了一场艰难的、严峻的、深感棘手的考验。如果无法完美地处理这场危机,恐怕……光影世界很快就会陷入真正的困境。

"御堂浅,你觉得过去两百年间,光影世界有什么改变呢?"

现在,姚纯汐的脑海中并没有清晰的方向,仍旧浑浑噩噩,但她仔细想了想,御堂浅提出的思路,或许……可行。

御堂浅轻轻凝眸,淡然回答:"最大的改变,就是权力易主。"

"你是说……天音和若道,代替了我们两个?"

御堂浅还没来得及开口,御堂七海竟意外地抢先给出了结论:"不,两位王,在过去的两百年间,光、影两族的大祭司只是代管了光影世界的事务,并没有取代王者的实际行动。我不能完全否认,如今的光、影族人很敬畏两大祭司,他们也确实是除了两位王之外最强大、最有力量的人,可两位王觉醒之前,大祭司从未僭越过。"

"也就是说,我们觉醒之后,他们才开始行动?"

御堂浅巧妙地抓住了御堂七海话语中的漏洞,穷追不舍地询问。

御堂七海微微一怔,略显尴尬地推了推眼镜,轻咳两声:"咳咳……这……这……两大祭司阻止王的觉醒,想必也有其他内情吧。"

"内情……吗?御堂先生,您是不是知道些什么?"姚纯汐眯起眼睛,绕着御堂七海走了两圈,上上下下打量着他。

御堂七海急忙躬身行礼:"两位王,请明鉴。"

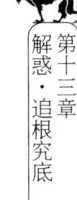

第十三章 解惑·追根究底

躲避着姚纯汐和御堂浅的目光，御堂七海幽幽地叹了口气，额头隐隐冒出一层薄汗。

唉，他本来是打算一口气说出真相的，可在最关键的时候，还是忍不住退缩了。

为什么呢？

其实，他有两方面的担忧：王的信任和祭司的决定。

御堂七海预测不到，当他说出真相的时候，两位王会给出怎样的反应。当然，这只是其一。另一方面，光、影两族的大祭司，如今下落不明，他们究竟在做些什么？他们是否了解当前光影世界发生的一切？万一他御堂七海做了多余的事，会不会影响到两位祭司的行动呢？

人，一旦犹豫、一旦纠结，往往就无法冷静地做出判断了。

所以，御堂七海又一次选择了视而不见、自我逃避。

夜色渐渐加深，窗外的月影忽明忽暗。

御堂家的客厅，不知何时变得沉寂下来。

明灿灿的水晶吊灯，闪烁着炫亮的光泽，将周围的一切都笼罩在薄光之中，泛起零零碎碎的光影。

御堂七海悄然离开，偌大的客厅里，只留下御堂浅和姚纯汐两个人。

经过刚才御堂七海的不经意提示，两位王的心湖产生了细微的波动。两百年来，天音和若道作为光、影两族的大祭司，作为光、影王者的代言人，他们将光影世界管理得秩序规范、平衡稳定，这是谁都无法否认的事实。那么，即使族人拥戴他们、敬畏他们，也是无可厚非的，姚纯汐和御堂浅也从心底里感激两位大祭司。

然而……

令人困惑的是，历时两百年，天音和若道曾有无数的机会直接登上王位、掌握王权，取代姚纯汐和御堂浅这两个已经离开光影世界的王族。他们为什么没有那样做呢？更加不可思议的是，在两位王即将觉醒之时，他们却突然采取了阻挠行动，这……这样是不是有些本末倒置了？

想来想去，除非……天音和若道，从最开始就没有任何反叛之心，他们所做的一切都是为了两位王，为了光影世界。

倏地。

一个难以置信的想法，钻入了姚纯汐的脑海。

她的脸色骤然改变，黑眸紧紧凝缩，身体也不由自主地颤抖起来。慢慢转过头，她定定地注视着御堂浅，刚要开口讲话，却被御堂浅打断了。

"纯汐，难不成……我们想到一起了？"

什……什么？

姚纯汐睁大双眸，惊愕地望着御堂浅，意识出现了瞬间的空白，仿佛喉咙被什么东西堵住了，产生了一股强烈的窒息感。

不……不会吧？

如果御堂浅和她的想法一样，那她似乎连自欺欺人的念头都无法残存，就像走入空荡荡的死胡同一般，再也没有任何退路了。

"纯汐？纯汐？"

御堂浅轻声呼唤姚纯汐，幽湖般的绿眸深不可测，流转的波光仍在缓缓加深，宛若晶莹的绿宝石染上了暗色的水墨，浓烈得化不开。

姚纯汐回过神，盯着御堂浅的双眸，逐渐平静几分。

从御堂浅的表情中，她已经明白了，逃避是没有用的。应该承担的，必须去承担；应该面对的，必须去面对。无论她自己，还是御堂浅，都不得不做好这样的心理准备。

"那么，我们一起说吧。"

姚纯汐提出建议，讲话的声音恢复了淡定。

御堂浅默然点头，凝眸望了望姚纯汐，俊美的脸庞浮现出一抹复杂的情绪。尽管只是一个猜测，但接下来的答案，很可能会改变太多，且无法逆转。

"两百年前，那场灾难发生的时候，天音和若道都在。"姚纯汐一字一句地说着，神态郑重而严肃，非常认真。

"是的。"御堂浅赞同，并补充道，"当然，那个时候，我们两个也在。"

姚纯汐表示认可，继续分析："两百年后，新灾难发生的时候，天音和若道不在，我们两个仍在。"

"也就是说，天音和若道对这两场灾难没什么影响。"

"正确！"

"过去两百年，光影世界安宁平静，天音和若道都在，而我们两个不在。"

"所以，若如七海所说，两场灾难的'根源'集结在某些人身上，那么……"御堂浅顿了顿，绿眸深深望入姚纯汐的眼底，"纯汐，也许影响光影世界的人，从来就不是天音和若道，而是……"

"我们两个！"

姚纯汐和御堂浅注视着彼此，异口同声。

第十四章
浩劫・光影之源

有些事实，一旦被揭开，就会变成血淋淋的真相，再也无法回头。

哪怕身为高高在上的王，也同样会有无可奈何的绝望。

现在。

光王姚纯汐和影王御堂浅，正立在御堂家的客厅中，互相凝望着彼此，完全惊呆了！

如果他们刚才谈话的内容，确实是两场灾难背后的真相，那么，从两百年前直到现在，给光影世界带来危机的"根源"，绝非大家猜测的背叛或阴谋，而是活生生站在力量巅峰的两大王者！

这……这可能吗？

仅仅是两个人，竟能够影响到光影世界的平衡吗？

姚纯汐不愿意相信，御堂浅更想拼命去否定。但越是如此，他们越觉得自己的分析和推断是正确的。回头想想，两百多年前，当姚纯汐和御堂浅分别成为光王、影王之后，也如现在一样，没过多久，原本安定的秩序与生活突然就被破坏了。那时候，为了保护族人、保护光影世界的平衡，光、影两王几乎绞尽脑汁、想尽办法，最终仍然无计可施，只能眼睁睁看着光影世界逐渐走向崩溃的边缘……

幸好，在千钧一发之际，天音和若道这光、影两族的大祭司提出了一个解决办法。

没错！

那个办法就是，光、影两王完全放弃力量，离开光影世界两百年。结果，在过去的两百年间，当光、影两王封印记忆和力量过着普通生活的时候，光影世界也恢复了惯有的平静与稳定，仿佛所有的风波都在一瞬间消失了。

没想到——

两百年后，光、影两王重新觉醒，力量完全恢复，曾经的噩梦居然又回来了！

沉静。

死寂般的沉静。

周围的一切都被迅速剥离了。

御堂浅和姚纯汐互相望着彼此，脸色煞白，久久没有出声。

原来，身为王者的他们，竟然是光影世界最大的隐患！难以想象，这是多么可笑又可悲的一件事情呀！

"纯汐？"

"御堂浅？"

不约而同地，他们呼唤着对方，欲言又止，仿佛在寻找最后一根稻草。

"御堂浅，灾难的根源真的是我们吗？"

姚纯汐着急地询问，想从御堂浅那里得到一丝安慰，就像淹没在水中不断挣扎的人，迫切地渴望见到那抹希望的曙光。

只可惜，御堂浅也是与姚纯汐一样的当局者。

"抱歉，纯汐。"御堂浅皱了皱眉，俊脸上浮现出淡淡的伤感，"其实，影响整个光影世界的，更准确地说，是属于我们的力量。"

"力量？"

姚纯汐怔了怔，忽闪着眼睛，直盯着御堂浅。

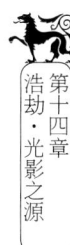

御堂浅点点头："嗯，我想是的，这样也就能够说通了。"

"说通什么？"

"若道和天音的行动。"御堂浅深深凝眸，一字一句地做着解释，"无论如何，你我都不相信两大祭司会背叛光影世界，但又对他们的所作所为感到困惑不解，好像前后矛盾。那是因为，真正的根源，不是他们自己，而在我们两个身上。两百年前，若道和天音发现了我们带有的破坏力量，甚至猜到了最终的破坏结果。于是，他们不动声色地提出建议，引导我们选择放弃，进而封闭了我们的力量，阻止了灾难的泛滥，保护了光影世界的平衡与稳定。"

对此，姚纯汐毫无异义。

在她两百多年的记忆中，天音一直是个尽职尽责的大祭司，他热爱着光族族人，热爱着光影世界，也热爱着他守护的家园……最让姚纯汐不明白的是，为什么当初天音没有将真相如实告诉她，反而要在她的面前扮演恶人的角色呢？

尽管她姚纯汐是个年轻的王，可她深知自己的责任与使命。她和天音一样，也在用自己的全部爱着光影世界和光族族人，为了家园的宁静祥和，为了族人的安居乐业，她愿意再一次放弃自己、放弃力量，去完成王的使命！

当然了，姚纯汐承认，自己并非拯救世界的英雄，也不想做什么英雄，更不在乎别人送给的赞誉。想到过去的两百年，她忘记了一切，放弃了一切，甚至连自己是谁都分辨不清……其实，她的内心是动摇的、矛盾的，还有着一丝丝畏惧。

没办法呢，王也是人，一个背负着更大压力的人。

幽幽地叹了口气，姚纯汐重新抬起头，望向近在咫尺的御堂浅。

两个人视线相撞的瞬间，眸底竟流转着同样无奈而绝望的光芒，虽然稍纵即逝，但彼此还是看得清清楚楚。

"纯汐，我……"

"御堂浅，我都明白。"姚纯汐抿唇笑了笑，带着浓浓的哀伤与无助，"我很意外，在两百多年的时间里，原来天音和若道一直在悄悄保护着我们。哈，我可真是个没用的王，这么久才发现背后的事实，不仅错怪了最信任的人，还……还……"

她的喉咙突然哽咽了，话语也断断续续，说不下去了。

御堂浅走上前，握住姚纯汐的手，沉声道："嗯，我也一样，是个最差劲的王。本应该保护所有族人的我，竟然是带给大家灾难的罪魁祸首，简直就像天方夜谭，是多么不可思议呀！"

"御堂浅，我们到底该怎么做？"

姚纯汐挫败般地摇头，眼底盈溢着璀璨的泪花。

此时此刻。

她想抛开"王"的所有羁绊，希望有人为她指明方向，告诉她未来的路要怎样一步步走下去。

御堂浅沉默几秒，柔声回答："对不起，纯汐，我也不清楚。"

他和她，就像两只互相拥抱着取暖的刺猬，明知对方会刺伤自己，却不得不承受那份血淋淋的疼痛。

因为，只有他们两个人能够感同身受，理解彼此。

现在，光影世界的"混乱"越来越糟糕，逐渐走向两百年前那几近崩溃的边缘。由于经历过相似的危机，族人们早已变得人心惶惶，社会动荡也更加激烈。

"纯汐，光族情况怎么样？"

"暂时还能维持稳定。"姚纯汐说得有些勉强，但她在尽自己最大的努力，"我让莫瑾和宿白分别带人去平息混乱，结果还算行。只不过，情

况会一天天恶化，再继续下去……就怕会超出有效的控制范围了。影族呢？"

御堂浅耸了耸肩，绿眸加深几分："也差不多。当危机发生时，连葵和绿罗就去做维护工作了，连葵去见过你，应该也向你汇报了吧？"

"是的，但我觉得连葵有心事。"

"心事？"御堂浅愣住了，"怎么说？"

姚纯汐托起下巴，若有所思："我相信连葵对王族的忠诚，也从没怀疑过她。可我总觉得，她有事瞒着我们。"

"纯汐，你是指……"御堂浅试探般地问。

"若道！"姚纯汐脱口而出，目光坚定，"连葵对我说过，就算若道看起来冷酷无情，也断不会做出伤害影族的事。那么，连葵会不会……已经知晓，造成光影世界危机的根源是'我们的力量'呢？"

御堂浅并未否定："有可能，我回去后问问她。"

"或者，通过连葵，我们还能找到天音和若道。"姚纯汐大胆猜想。

意外的是，这次御堂浅没有认同她，而是摇了摇头。

"不，连葵不行。"

"为什么？"

"连葵根本不知道两大祭司的下落。"御堂浅笃定地回答，想起了连葵写下的那份调查报告，"过去两百年间，连葵也很好奇那场灾难背后的真相，所以她悄悄去调查了。这些连葵从未隐瞒，也确实有所收获，只是不够充分。在那过程中，连葵发现了若道的另一面，开始心生疑惑，从而渐渐相信，若道是真心保护影族、保护家园的大祭司。但连葵一直在等待王族的回归，甚至将若道当成了敌人，她又怎么可能被若道信任呢？非信任之人，自然也就不会知晓若道的行踪了。"

听完御堂浅的分析，姚纯汐叹了口气，无法再反驳了。

她本以为，连葵会是寻找两大祭司的线索人物，现在看来是不可能了。但联想两百年前那场灾难的种种，天音和若道提出了避免危机的正确办法，会不会这次也能以同样的方式解决呢？

为什么？

为什么天音和若道突然消失了？

他们拼命阻止两位王的力量觉醒，就是不想见到现在这样的混乱。可姚纯汐和御堂浅完全回归之后，天音和若道不但没有采取任何措施，还像人间蒸发一样，离开光影世界不见踪迹了！

难道……这一次，天音和若道选择了放弃光影世界吗？

正当两位王族焦躁不安的时候，御堂七海推开客厅的门，大步走了进来。他的身后，竟是随同光、影大祭司一起消失的——玄尉和红罗！

"王！王！请救救若道大人！"

红罗冲入客厅的第一时间，就跪倒在御堂浅面前，眼含热泪地发出恳求。

这……这是怎么回事？

御堂浅一脸困惑，赶忙俯身扶起红罗，又看了看玄尉，绿眸中泛起幽暗的光芒。

"红罗，你别急，慢慢说。"

红罗抹掉眼泪，望着御堂浅，低声抽泣："王，若道大人他……他……"

"他怎么了？在哪里？"

红罗颤抖着身体，漂亮的娃娃脸变得惨白："这段时间，若道大人一直隐身在时空裂缝中，还……还有光族祭司天音大人。"

"是的。"玄尉淡淡地补充道。

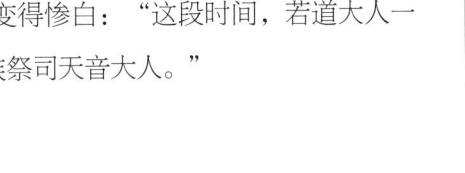

时空裂缝？

这个地方倒是真让御堂浅和姚纯汐吃了一惊。

当天音和若道消失后，两位王族就立刻派人去四处寻找了。几乎光影世界的每一个角落都翻遍了，始终没有发现他们的行踪。直到现在，御堂守仍然执行着王族命令，继续寻找着两位祭司的下落。

不承想，天音和若道竟藏身在时空裂缝中，难怪会消失得无声无息了。

时空裂缝，是连接不同世界的通道，与姚纯汐无意中坠入的"光影世界空白区"差不多，能够屏蔽外部的一切。当然了，时空裂缝绝非光、影族人长久生活的地方，那里阴暗晦涩，无光无影，可谓是光、影族人最大的危险区。

正因为如此，大家才会忽略了时空裂缝，压根儿没有去找过那里。

"红罗、玄尉，你们快说说，天音和若道发生了什么事？"

坦白说，姚纯汐比任何人都想见到他们，想解开有关王者力量的疑问。

红罗一听姚纯汐的话，眼眶又不知不觉地湿润了。她一直跟随在若道身边，是真心诚意崇拜若道、喜欢若道的。以前红罗连"王"都不会称呼一声，但现在，她不顾一切跑来恳求王族，就是希望保护若道，能够让若道好好地活下去……至于玄尉，他自身犹如谜团一般，令人捉摸不透。

不过，玄尉在履行影搭档职责的同时，仍义无反顾地追随天音，想必他也应该或多或少知道一些灾难的内情吧。

见红罗泪眼婆娑，玄尉代替她说明了天音和若道的境况。

其实，天音和若道并非故意消失，而是想找个安静的、不会被打扰的地方，商谈一些重要的、紧迫的事。

"玄尉，你所说的'事'是指……"

姚纯汐没有直接问出口,她也觉得玄尉应该是知情的。

闻言,玄尉轻轻挑眉,表情依然淡淡的,毫无波澜。一袭白衣在灯光下恍若透明,带着某种脱俗的气息。

"这件事,与两位王有关。"

玄尉刚一开口,红罗和御堂七海就改变了脸色。

红罗展现出来的,更多的是震惊。而御堂七海,没有太过讶异,只是那双隐藏在金丝边眼镜后的瞳眸慢慢变得幽深几分。

"玄尉,你能说得更清楚些吗?"

玄尉突然沉默下来,凝眸打量着姚纯汐和御堂浅,俊逸的脸庞出现了少有的波动。

"我冒昧地问下,两位王……是不是已经有所察觉了?"

姚纯汐怔住,像被什么东西砸中脑袋似的,完全无法回应了。

于是,御堂浅淡淡地说:"算是吧。"

"那么,我就直言不讳了。"

看样子,玄尉是有备而来,与红罗的目的或许不同。

御堂浅点头:"……好。"

接下来,玄尉将自己调查到的、收集到的、了解到的全部信息,一五一十地向两位王做了交代。这其中,当然也包括他在天音那里求证过的一些情况。

两百多年前,姚纯汐作为新一代光王掌管了整个光族,天音是她最得力、最信任的大祭司。毫无疑问,影族也是同样的状态。因为,在光影世界中,遵循着"光影依附"的准则,光王和影王都是成对出现的、成对更替的。

新一代光王和影王,具有非常强大的力量,这本应该是两族人的幸运。

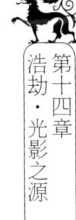

然而……

任何人、任何事、任何状况，都可能存在意外。

姚纯汐和御堂浅这两位王，偏偏就是光影世界中的意外。不得不说，他们是两位有理想、有担当、有责任感、有创造力的王，能够设身处地为族人着想，愿意不顾一切保护光影世界，但越是如此，光影世界反而越不稳定了。

为什么会这样呢？

原因就在两位王的光影属性和光影力量上！

光和影，是互相依附的存在，有光才会出影，有影才能衬光。但在光影世界里，并非所有的光和影，都能够完美地融合在一起，有些就像背道而驰的两个极端，永远都在互相排斥、互相倾轧……

而姚纯汐和御堂浅的光影属性，则正是这样的状况。

他们的王者力量越强，产生的负面影响就越大。慢慢地，随着时间的推移，王的力量还会影响到越来越多的族人，令族人们原本沉睡的力量被唤醒，达到不同程度的提升或降低，逐渐扭曲他们的思想，让大家变成一味追求力量的厮杀者。

两百年前如此，两百年后亦然。

最初的时候，族人们的小小混乱，谁都没有太过在意。天音和若道作为大祭司，也只是按照正常程序，派人去处理罢了。但一波未平一波又起，族人们的混战变得越来越激烈，且越来越不对劲儿，这时候两位大祭司才察觉到更大的问题。

他们本想调查清楚后，再向两王汇报，结果……他们为保护两王，将真相硬生生隐瞒了两百多年。

因为光王和影王的力量相斥，两位大祭司就接受建议，想办法让两位王放弃力量、封存记忆。只要能够阻止两位王的力量觉醒，光影世界的平衡仍旧会继续维持下去，所以……在两位王觉醒的过程中，天音和若道才会设法阻挠，甚至想过将两位王"灰飞烟灭"封闭到"光影世界空白区"里。

但最终，这些举措都失败了。

两位王重新觉醒，光影属性再次产生排斥，强大的力量又破坏了光影世界的平衡，即将带来一场新的灾难。

"王，这就是我知道的全部。"

说完，玄尉也表达了自己的请求，他希望王和祭司能够同心协力，想出一个真正挽救光影世界的办法。

"玄尉，谢谢你告知一切，但很抱歉，我们束手无策。"

姚纯汐轻轻咬住嘴唇，声音低低的，黑眸中流转着深深的歉意。

她以为自己在得知真相后，会忍不住情绪失控，没想到竟意外地平静。也许，她早就预料到这个结果了，只是不得不强迫自己接受而已。

"什么？原来，给光影世界带来灾难的根源，是……是你们！"红罗一跃而起，难以置信地望着姚纯汐和御堂浅，目光越来越锐利，如同冰冷的匕首一般，"就是你们！就是为了保护你们，若道大人才会选择放弃自己的生命！你们太自私了，难道高高在上的王，就可以眼睁睁看着族人为你们而死吗？"

"红罗！别胡说！"

御堂七海赶忙走上前，用力拉住了红罗。

这时，御堂浅抬起手，示意道："七海，放开她，让她说下去。"

"……好吧。"

御堂七海皱眉，不着痕迹地叹了口气。

红罗扬起下巴，杏目圆睁，泪光仍在不停地闪烁："要不是刚才玄尉说出内情，我还一直被蒙在鼓里呢。这两百年来，为了保护王者、保护光

第十四章 浩劫·光影之源

影世界，若道大人独自默默承受着一切，他从来没有抱怨过，更没有贪恋过王位，他只是尽职尽责地守护着家园和族人，想尽办法让'王'好好活下去。如今，他藏在时空裂缝中，忍受着煎熬和折磨，仍然是为了保护他最效忠的王！"

"我知道。"御堂浅点点头，心中百感交集，"我认识的若道、我信任的若道，一直都没有改变过。"

"那又怎样？"红罗隐忍着泪水，气呼呼地质问，"为了你们，若道大人就要死了，你们怎么还能无动于衷呢？"

此言一出，御堂浅倏地睁大绿眸，如雕像般僵住了。

什么意思？

若道他……他究竟怎么了？

"红罗，你……"

玄尉突然开口，打断了御堂浅的话："其实，天音也一样，状态很不好。"

"玄尉，你快说！"

姚纯汐也催促着，对天音的担忧显而易见。

"时空裂缝本就不是光、影族人生活的地方，天音和若道坚持了三个多月，已经快到极限了。而且，他们早已预料到，光影世界会发生新的灾难，就决定用他们两个人的全部力量阻止光影世界的崩塌，彻底封闭住时空裂缝，斩断光、影族的联系。或者，这样一来，王者力量的负面影响就会被阻断，灾难和危机也能够平息了。"

"那样做，真的可以吗？"姚纯汐追问。

玄尉摇摇头："不知道，也不确定，只是一种勇敢无畏的尝试，结果未必尽如人意。但我个人很佩服两位祭司的自我牺牲，所以……我才会跟着红罗前来，将灾难背后的根源和盘托出，希望两位王能更好地解决。"

顿时，整个客厅沉寂下来。

上一次灾难，两王放弃了自身力量，封存了记忆，进而保护了光影世界；这一次灾难，两位祭司决定冒险尝试，甚至要舍弃生命……那么，应该怎样做呢？当初，两百年前的灾难发生时，天音和若道为什么会提出那样的建议？他们怎么会知道如何保护光影属性排斥的王者？如今，噩梦再临，危机再现，是不是又有人教给了他们新的解决办法呢？

疑点太多太多，已经堆积如山。

姚纯汐和御堂浅望着彼此，心照不宣。他们深知，王者的责任和使命无法改变，正如他们自带的光影属性一般，那是劫难的根源，是逃不掉的束缚。

但是……

他们不需要借口，不能再退缩，必须勇往直前，去冲破束缚，真真正正创造属于自己的未来！

"红罗，带我去见若道。"

"玄尉，带我去见天音。"

又一次，御堂浅和姚纯汐异口同声。

他们相互凝望，目光坚定，脸上洋溢着自信的笑容。兜兜转转这么久，既然找到了根源，那么，他们就去勇敢地面对，努力地解决！

第十四章 浩劫·光影之源

寻找"光影合伙人"

亲爱的小读者们，读完本书后的你，最喜欢书中的哪一个角色呢？你最希望成为书中的谁呢？你希望你喜欢的角色在将来发生什么样的故事呢？请把你的所思所想写下来寄给编编吧！说不定，你就是作者心目中期待的"光影合伙人"。

_____

_____

_____

_____

_____

_____

_____

_____

_____

_____

_____

小贴士：
将"光影合伙人"的答案写在上方区域，如需超常发挥也可另附纸张，优秀的"光影合伙人"，将获赠编辑部送出的精美礼品一份。

参与方式：

1.将该页面裁剪下来，邮寄到《意林·少年版》编辑部，注明"光影合伙人"。

2.也可发送电子版到邮箱xiaoyilin_youth@163.com，注明"光影合伙人"。

邮寄地址：北京市朝阳区南磨房路37号华腾北塘商务大厦1501室《意林·少年版》编辑部，邮编：100022。

本活动最终该解释权归《意林·少年版》编辑部所有。